Kay Clasen

Das Geschenk

Eine Geschichte aus der Südsee

Bibliografische Information der Deutschen Nationalbibliothek
Die Deutsche Nationalbibliothek verzeichnet diese Publikation in
der Deutschen Nationalbibliografie, detaillierte bibliografische
Daten m Internet über: http://d-nb.de abrufbar

Impressum:

Originalausgabe 2020
© Kay Clasen Neustadt/Weinstrasse
Herstellung und Verlag: BoD- Books on Demand, Norderstedt
Alle Personen und Örtlichkeiten dieses Buches
sind frei erfunden.
Jede Ähnlichkeit mit lebenden Personen ist
zufällig und nicht beabsichtigt

ISBN 9 783750420656

Kay Clasen

Das Geschenk

Eine Geschichte aus der Südsee

Prolog

Das Land, von dem diese Geschichte handelt, gibt es nicht, es ist frei erfunden ebenso wie die darin vorkommenden Personen. Gleichwohl gibt es Länder in denen die Menschen gleiche oder ähnliche Probleme haben, wie die in dieser Geschichte. In den Ländern der Südsee spielen Geister eine wesentliche Rolle, es gibt sie praktisch überall. Sie hausen in Vulkanen, in Seen, in Bäumen, in Häusern und auch auf Schiffen. Sie alle müssen gehegt und gepflegt werden. Denn wenn man sie nicht respektiert, können sie großen Ärger verursachen. Sie sind ein Teil der Natur und damit ein Teil des Lebens.

Wenn die Natur und die Geister es wollen, ist der Mensch nur eine sehr kleine Nummer. Sie lehren uns aber auch dass wir nur mit ihnen existieren können und nicht gegen sie arbeiten dürfen. Die Natur ist immer da, ob nun mit oder ohne Geister.

1. Der Geist des Vulkans

Fast hatten wir es geschafft. Noch gut 100 Meter dann war der Kraterrand erreicht. Seit wir den Urwald verlassen hatten war etwa eine Stunde vergangen. Ok, wir waren langsam gestiegen, der Weg war auch nicht sehr steil, nur dass man bei jedem Schritt einen halben wieder abwärts rutschte in dem losen Bims und der Asche. Das war lästig, machte den Berg einfach höher als er in Wirklichkeit war. Die ganze Zeit über hörten wir im Dreiminutentakt das Grollen des Vulkans und sahen Lavafontänen in den Himmel schießen. Klar, es war ein aktiver Vulkan und er erinnerte uns permanent daran. Eine gewisse Anspannung und Nervosität konnte ich nicht verbergen. Es war keine Angst dabei, nur Aufregung und Neugier auf das was gleich zu erleben sein würde.

Bis ich hier oben stehen konnte hatte ich allerdings auch einige Hindernisse zu überwinden und Vorbereitungen zu treffen. Mein Ziel lag schließlich nicht direkt vor meiner Haustür. Es waren mehrere Flüge erforderlich, teilweise mit Zwischenlandung und Übernachtung. Aber letztlich hatte ich es geschafft, ich habe ja auch schon einige Erfahrung mit Fernreisen. Auf den Mt.Takato und Sokutra Island war ich auf meiner Suche nach tätigen Vulkanen gestoßen Vulkane faszinierten mich schon immer. Ich wollte unbedingt einmal an einem Kraterrand stehen und in einen Lavasee hineinschauen. Bei meinem fortgeschrittenen Alter musste es allerdings auch einer sein der noch problemlos zu bewältigen wäre. Der Takato ist nur etwa 600 m hoch. Und wie ich las auch zu Fuß problemlos zu besteigen. Sein Lavasee kocht seit über 400 Jahren vor sich hin. Alle drei Minuten spuckt er eine Fontäne aus. Und die war relativ ungefährlich.

Außerdem wollte ich den Geschichten über den mysteriösen Cargo-Kult auf den Grund gehen. Darüber hatte ich auch gelesen und ich wollte wissen, was dran ist und auch darüber schreiben.

Mein Reiseplan sah vor auf der Anreise zwei Tage in Singapur zu verbringen, der Rückflug war fünf Wochen später geplant. Aus Kostengründen ist es ja leider erforderlich beide Strecken gleich zu buchen obwohl es mich in meinem Reiseablauf oftmals behindert. Für die ersten zwei Tage hatte ich mich dann in einem Hostel in der Hauptstadt eingemietet.

Der Flug nach Singapur war langweilig wie immer. 12 Stunden in seiner Ecke hocken ist nicht sehr amüsant obwohl ich über den Service nicht klagen kann. Zu sehen gab es auch nicht viel, da der größte Teil der Strecke bei Dunkelheit stattfand. Singapur selbst war toll, eine aufregende Stadt aber irgendwie hatte ich nicht die richtige Muße, es juckte mich endlich meinen Vulkan zu sehen. Nach zwei weiteren Flugstrecken war ich dann endlich da, zumindest fast.

Das Hostel war prima. Zwar einfach aber zweckmäßig und sauber. Die Gastgeber äußerst nett und hilfsbereit. Als ich erwähnte dass ich in drei Tagen auf die Nachbarinsel wollte um den Vulkan zu besteigen, erklärten sie sich gleich bereit mir zu helfen.
„Ohne Reservierung geht es schlecht. Auch am Flugplatz bei der Ankunft wirst du kaum jemanden finden, der dir helfen kann. Es gibt auch keine Taxis. Dort wird alles sehr individuell gehandhabt. Ich werde mich mal um horchen ob es ein Quartier gibt, das für dich geeignet ist."
Am Abend sagte die Chefin:
„Ich hab da ein Baumhaus gefunden, das morgen frei wird. Wenn du so was magst, ich habe bisher immer nur Gutes darüber gehört. Wenn du willst, arrangierte ich das. Um die Flüge kann ich mich auch kümmern."
Ich fand das toll, Baumhaus klang nach Abenteuer.

Zwei Tage später landete ich mit der kleine Maschine auf dem Flugfeld der Vulkaninsel. Schon weit vor der Landung sah ich mein Ziel, den Vulkan Mt.Takato inmitten einer großen braun-grauen Fläche. Von Eruptionen war aus dieser Höhe nichts zu sehen. Der Pilot hatte anscheinend auch kein Interesse an einem Überflug und die Passagiere wohl auch nicht. Alles schon häufig gesehen, dachten sie vermutlich. Es gab ein kleines Abfertigungsgebäude dort, viel mehr aber nicht. Ein Mann stand vor dem Haus und lehnte an einem Jeep. Da ich anscheinend der einzige Tourist war der heute ausstieg, kam er gleich zu mir.

„Ich soll dich zur Chefin bringen, die zeigt dir dann dein Haus",sagte er.

Er schnappte sich meinen Rucksack und wir fuhren einige Kilometer durch Felder und Kokosnussplantagen in ein Dorf und zu einem Haus mit einem auffallend hohen Spitzgiebel. Eine Frau kam heraus, begrüßte mich:

„Willkommen auf Sokutra Island. Ich komme mit dir und zeige dir das Haus, sind nur wenige Meter. Mein Name ist Loana."

Es waren wirklich wenig mehr als 100 Meter bis wir vor einem großen ausladenden Kasuarinenbaum standen. Oben, in etwa sechs Meter Höhe war eine Plattform zu der eine steile leiterartige Treppe führte. Loana zeigte nach oben und so schnappte ich mir meinen Rucksack und stieg voran. Sie folgte mir. Was ich sah begeisterte mich. Ein großer Raum mit einem riesigen Bett unter einem Moskitonetz, ein Tisch, ein Schaukelstuhl und eine Hängematte. In der Ecke abgeteilt eine Art Dusche. Alles gebaut so nach dem Motto: Man nehme was man hat. Vieles charmant improvisiert.

„Wir haben hier oben elektrisches Licht, da sind auch drei Steckdosen für den Wasserkocher und natürlich auch für einen PC. Das da unten ist ein kleiner Kühlschrank, reicht für Getränke und andere Kleinigkeiten. Hier hinter dieser Trennwand gibt es eine Dusche.

Du musst den Hahn hier aufdrehen, dann läuft das Wasser von dem Behälter auf dem Dach in einen Eimer der unten durchlöchert ist."

Sie zuckte entschuldigend mit den Schultern:

„Eine Toilette haben wir hier oben leider nicht. Wenn du mal nach unten schaust siehst du dort zwischen den Büschen ein kleines Häuschen stehen. Das ist die Toilette."

Nun, wie die drinnen aussehen würde war mir klar, auch ohne sie gesehen zu haben. Da im Dunkeln hinzugehen sollte ich also gar nicht erst in Erwägung ziehen. Musste so etwas deshalb bei Tageslicht planen. Und ein kleines Geschäft in der Nacht? Das Wasser der Dusche plätscherte auch frei nach unten. Ich musste halt nur sehen, dass nicht gerade jemand vorbeiging. Wäre unfair gewesen.

„In unserem Nachbarhaus ist ein kleiner Laden, der hat so die nötigsten Dinge. Ein richtiges Restaurant haben wir hier nicht. Wir haben eine große Gemeinschaftsküche, da kann man auch Essen bestellen. Bisher waren alle Gäste immer ganz zufrieden."

Mit den Worten:

„Wir sehen uns sicher heute Abend,"

stieg sie wieder die Leiter hinunter. Ich schaute mich erst mal in Ruhe um, probierte Licht und Steckdosen aus warf auch einen Blick aus den Fenstern. Den Vulkan konnte ich von hier aus nicht sehen, meinte aber dann und wann ein leichtes Grollen zu hören. Dann wollte ich meine Sachen auspacken, stellte aber fest dass man die Tür überhaupt nicht abschließen konnte.

So packte ich meine wertvollen Dinge wieder im Rucksack und schloss den ab.

Nun eine gemütliche Runde durch das Dorf. Mit dem Ergebnis: Es gefiel mir hier. Ich erwartete, nach meinen Erfahrungen in Südostasien, dass es hier ähnlich wäre. Ja schon, aber doch wieder ganz anders. Auch die Leute, denen ich begegnete, waren irgendwie anders. Aber alle sehr nett und freundlich. Eine Hütte fiel mir auf in die viele Leute hinein gingen, mit einem Krug in der Hand, und nach kurzer Zeit wieder herauskamen. Da schien der Krug merklich schwerer zu sein. Ich merkte mir den Platz und wollte ihn später erkunden. Hatte so eine Idee.

Als die Sonne tiefer sank begab ich mich zu dem als Dorfküche bezeichneten Ort. Dort wurde fleißig gekocht. Einige Backpacker waren auch darunter, die sich anscheinend ihr Abendessen selbst kochten. Als ich mich suchend umschaute, trat ein Mann auf mich zu und stellte sich als Joshua vor. Er wäre hier der Häuptling des Dorfes.

„Du suchst sicher irgend etwas zum Essen? Dann führe ich dich jetzt einfach mal zu den Töpfen und dann kannst du hineinschauen, probieren, und dir was Passendes aussuchen. Zur Begrüßung aber erst mal eine Schale Cava."

Damit reichte er mir eine halbe Kokosnuss mit dem speziellen Getränk. Ich kannte es ja schon aus der Hauptstadt. Es sieht aus wie Waschwasser und im Prinzip schmeckt es auch so. Es erzeugt ein leicht taubes Gefühl an den Lippen. Ich hatte gehört der Alkoholgehalt wäre sehr gering, die berauschende Wirkung käme von den Wirkstoffen einer speziellen Pfefferpflanze, aus der es gemacht wird. Die Herstellung und die Wirkung wollte ich in den nächsten Tagen ergründen, das hatte ich mir fest vorgenommen.

Dann führte er mich zu den Damen am Herd. Auf diesem standen eine Menge Töpfe und Pfannen. Eine Frau führte mich herum, öffnete geduldig jeden Topf und ließ mich probieren. Erklärte mir auch was in den Pfannen schmorte, Mir schmeckt nicht alles, aber das Meiste. Dann tippte ich auf einen Topf, sie nickte, zeigte auf den großen Tisch, und wenig später stand mein Essen vor mir. Von den Maisfladen auf dem Tisch nahm sich jeder nach Bedarf und aus den großen Kühlschränken nahm man sich auch ein Getränk und machte dafür in einer Liste einen Strich bei seinem Namen. Es war eine sehr lockere Atmosphäre. Später sprach ich noch mit einigen Backpackern und ließ mir Tipps für die nächsten Tage geben.

„Wenn du auf den Vulkan willst, und das vermute ich natürlich, warum bist du sonst hier, kannst du hier beim Chef einen Jeep buchen, der fährt dich dich dann bis oben drauf."

Häuptling Joshua gesellte sich dazu:

„Kann ich für dich erledigen."

„Ich hatte mir eigentlich vorgenommen den Weg zu Fuß zurückzulegen, ich denke das wird einen größeren Eindruck auf mich machen wenn ich mich Schritt um Schritt dem Höhepunkt nähere. So weit und so schwierig scheint es nicht zu sein," erwiderte ich.

„Prima," sagte Joshua,

„finde ich sehr gut. Ich bin gerne bereit mit dir zu kommen. Aber da sollten wir noch 2-3 Tage warten, im Augenblick ist der Wind sehr ungünstig. Du bist ja noch etwas länger hier, ich werde mich bei dir melden wenn es günstig ist."

Ich fand den Vorschlag gut obwohl es mir natürlich auf den Nägeln brannte in den Krater hineinzuschauen. Ich sah ihn in der Ferne, sah alle paar Minuten die Lavafontänen und hörte das Grollen. Aber nichts übereilen. Hier im Dorf gab es genug zu sehen, Als nächstes wollte ich mich über die Herstellung von Cava schlau machen.

Auf dem Heimweg fand ich auch im Dunkeln das untere Ende der Leiter, tastete mich hoch bis zum Lichtschalter. Da oben zu sitzen und über das Dorf zu schauen, war fantastisch. Eine Dose von dem Sixpack, den ich mir im Shop gekauft hatte, musste dran glauben. Ich schlief fantastisch in der Nacht.

Nach dem Frühstück in der Gemeinschaftsküche, es gab Pulverkaffee, Beaked Beans und Spiegelei, etwas ungewöhnlich aber Filterkaffee könnte ich auch zu Hause. haben, machte ich einen Gang durch das Dorf. Ich fotografierte die vermeintliche Idylle und das einfache Leben. Nachdem ich dreimal an dem Haus vorbeigeschlendert war, in das die vielen Männer mit den Krügen ein - und ausgingen, traute ich mich hinein. Im Vorhof saßen viele Männer im Schatten eines

Baumes und jeder hatte eine Kokosnussschale in der Hand. Mein Eintreten löste schweigendes Erstaunen aus, das bald einer begeisterten Begrüßung wich. Schon streckten sich mir fünf Kokosnussschalen entgegen. Ich winkte lächelnd ab, sprach einige Sätze aber irgendwie hatte ich den Eindruck man verstand mich nicht. Schließlich löste sich ein Mann aus dem Hintergrund kam mir entgegen und sagte:

„Die Leute hier könnten zwar alle etwas Englisch verstehen keiner traut sich aber etwas zu sagen, aus Angst etwas falsch zu machen. Ich bin der Lehrer der Dorfschule, und da unterrichte ich auch Englisch. Entschuldige, wenn mein Englisch nicht perfekt ist."

„Das ist meines auch nicht:" sagte ich.

„Ich habe auch kein Englisch studiert, sondern es vor langer Zeit in der Schule gelernt und mir dann auf meinen Reisen das Nötigste selbst beigebracht."

Er schaute mich von oben bis unten an und sagte:

„Willst du Cava kaufen? Ich frage nur weil du kein Gefäß dabei hast. Aber das können wir sicher regeln, du bist ja fast Nachbar, da oben in deinem Baum."

„Nein, nein:" sagte ich,

„ich bin nur gekommen, weil ich gerne wissen möchte wie man Cava herstellt. Ich schreibe Reiseberichte und meine Leser wollen so was natürlich gerne wissen. Zumal über Cava ja so merkwürdige Geschichten zu lesen sind. Das Getränk kennt in meiner Heimat niemand und daher gibt es das auch nicht zu kaufen. Das Wenige was ich weiß ist, dass man es aus einer Wurzel herstellt, die zerkaut, in einen Topf gespuckt und dann vergoren wird. Für Europäer natürlich absolut unverständlich und ekelhaft. Was ist nun wirklich daran wahr?"

Der Lehrer lachte,

„das kann ich mir lebhaft vorstellen, wie man es bei euch sieht aber es stimmt was du gelesen hast. Ich kann dich aber beruhigen, heute geht es etwas anders zu. Es wird aus der Wurzel des Pfefferstrauches gemacht. Dazu muss man wissen, dass Cava früher nur zu besonderen Festen hergestellt wurde. Dann fing man schon Tage vorher an die Wurzel zu zerkauen damit sie Zeit zum Gären hatte. Das Enzym im menschlichen Speichel verursacht das. Die Wurzel bewirkt auch einen verstärkten Speichelfluss. Da man beim Kauen natürlich schon in den Genuss der Wirkstoffe kam, war diese Arbeit nicht unbeliebt. Später wurde der Saft durch ein Tuch gefiltert und fertig war der Partydrink. Den durften aber nur Männer trinken. Heute sieht man das nicht mehr so streng. Bei Touristinnen ohnehin nicht. Hier im Hof siehst du ja auch nur Männer, die hier sitzen. Nur ab und zu kommt eine Frau mit einem Krug lässt in füllen und ist schnell wieder weg. Aber auch in einer Cavabar wird eine einheimische Frau heute bedient. Ein bisschen Gleichberechtigung haben wir schließlich auch," sagte er und lächelte breit.

Noch etwas zu der Wirkung. Cava hat einen sehr geringen Alkoholgehalt, davon kann man nicht betrunken werden. Die Wirkung liegt vielmehr an den Inhaltsstoffen. Insofern ist es ganz klar eine Droge. Sie macht locker und frei, insbesondere frei von Sorgen, stillt auch den Hunger, macht aber auch übermütig und risikofreudig. Der große Vorteil gegenüber Alkohol ist, man hat nach einem Rausch am nächsten Tag keinen Kater sondern wieder einen freien Kopf. Es gibt keinerlei Nachwirkungen. Von Nebenwirkungen ist auch wenig bekannt, zumindest wenn man es in Maßen trinkt. Aber du möchtest ja sicher sehen wie man es heute erstellt. Kommt doch ins Haus."

In der Tür stand die Cavameisterin und strahlte mich an. Sie war so alt dass sie wohl schon seit Generationen hier wirkte. In der Hand hielt sie eine Schale mit Cava.

„Das ist unsere Thin-Nene-Cava, unsere Mutter-Cava: sagte der Lehrer,

„Die Schale darfst du nicht ablehnen und du musst sie in einen Zug austrinken. Sonst ist sie beleidigt."

Ich hatte so etwas befürchtet bevor ich das Haus betrat. Mutig nahm ich die Schale und kippte den Drink in mich hinein. Er schmeckt besser als befürchtet, zumindest besser als die die ich vorher getrunken hatte. Irgendwie frischer. Ich sagte es dem Lehrer.

„Ja," antwortete er,

„das ist ja auch die Nummer zwei. Das ist ihre Spezialsorte, die gibt es auch nur hier. Deshalb kommen ja die Leute von weit her."

In dem Raum roch es ziemlich säuerlich. Im Halbdunkel erkannte ich einen großen Tisch und viele Töpfe und Krüge. In einer Ecke war eine Frau dabei, eine Mühle zu drehen die die getrockneten Wurzeln zu

Pulver zerrieb. Eine andere Frau stampfte in einem großen hölzernen Mörser eine Masse zu Brei.

„Das ist die Nummer zwei, bzw. das wird die Nummer zwei. Da werden nicht nur die Wurzeln verwendet sondern auch Stängel und Blätter. Das gibt den speziellen frischen Geschmack den du ja auch festgestellt hast. Beides wird dann mit Wasser vermengt und es kommt ein Mittel dazu damit es gärt. Ich weiß nicht, was es ist, das erzählt sie uns auch nicht. Es ersetzt auf jeden Fall das Enzym das sonst im menschlichen Speichel ist. Unsere Mutter-Cava möchte natürlich verhindern dass wir uns unsere Drinks selber herstellen. Obwohl das bei dem geringen Preis den sie verlangt kaum einer machen wird. Sie kommt finanziell gerade so über die Runden. Auch weil viele ihrer Kunden ihr etwas mitbringen, mal ein Huhn, mal ein Stück vom Schwein oder einen Fisch. Ihr geht es vor allem darum dass sie anerkannt wird und von allen geliebt. Und das wird sie absolut."

„Baut sie den Pfefferstrauch selbst an? Oder woher kommt das Rohmaterial?"

„Nein, nein. Das Zeug wächst hier überall wild. So am Rande der Felder, überall da wo es etwas feucht ist. Es gibt Leute, die meinen, sie könnten rausschmecken, wann der Pfefferstrauch geerntet wurde, ob nach dem Austreiben der Blätter oder während der Blüte. Jahreszeiten beim Wachstum gibt es ja bei uns nicht. Ich halte das für Unsinn. Aber du kannst ja selbst mal probieren."

Damit schöpfte er aus verschiedenen Töpfen und

18

stellte die Schalen vor mir auf den Tisch. Ich hatte keine Chance zu entfliehen, ich musste probieren. Nun ja, es gab schon Unterschiede, für mich unwesentlich. Damit erhöhte sich natürlich auch der Pegel dessen was ich schon konsumiert hatte.

Ich fragte die Mutter Cava, ob sie mal daran gedacht hatte, ihr Wissen an jemand anders weiterzugeben. Denn irgendwann, ich hoffe natürlich in sehr sehr langer Zeit, wäre ihr Leben auf der Erde ja auch abgelaufen. Der Lehrer übersetzt. Ja, daran hätte sie sicherlich auch gedacht und sie wüsste auch schon wie und an wen.

„Wenn die Zeit gekommen ist," setzte sie noch hinzu.

„Möchtest du noch etwas mitnehmen?" fragte der Lehrer, „das mit dem Gefäß können wir schon regeln."

„Nein, nein", erwiderte ich,

„trotz aller Sympathie wird es sicherlich nicht mein Lieblingsgetränk werden. Wenn ich Bedarf haben sollte weiß ich ja wo ich hingehen kann."

Beschwingt und fröhlich kletterte ich die Leiter zu meinem Baumhaus hinauf, wollte mich nur kurz aufs Bett legen. Als ich die Augen wieder aufmachte war es dunkel.

Beim Abendessen setzte sich Häuptling Joshua zu mir.

„Nun wie gefällt es dir bei uns? Ich habe gehört du hast schon die Mutter Cava besucht? Und, wie wäre es mit einem Export nach Deutschland? Könntest du natürlich exklusiv machen."

„Ich glaube nicht, dass das ein großes Geschäft werden würde. Das Getränk ist doch sehr gewöhnungsbedürftig. Ich würde doch lieber für einen Gin Tonic plädieren. Aber interessant war es für mich allemal," sagte ich.

„Früher war es nur ein zeremonielles Getränk, heute gibt es in der Stadt jede Menge Cavabars. Früher wurden bei der Zubereitung auch die Geister bemüht, damit es ein möglichst gutes Produkt würde. Aber das macht natürlich heute kaum noch einer," sagte Joshua nachdenklich.

„Vielleicht noch die Mutter Cava, aber sicher bin ich mir da nicht. Die alten Sitten kommen Stück für Stück aus der Mode. Wobei man die alten Geister natürlich auch nicht so ohne weiteres vertreiben kann. Ich glaube daran, dass es sie gibt. Nein, ich weiß, dass es sie gibt. Ich bin hier der Häuptling und da weiß ich natürlich wesentlich mehr als andere Leute. Vieles hat mich mein Vater gelehrt und auch der Schamane, der bis vor wenigen Jahren hier noch lebte."

„Im Mount Takato wohnt auch ein Geist?" warf ich ein.

„Ja, ein sehr mächtiger sogar. Mit dem dürfen wir es nicht verderben."

Da ich eine günstige Gelegenheit sah ihn etwas intensiver auszufragen, an Informationen zu kommen die man nirgendwo lesen konnte, fragte ich ihn ob er ein Bier mit mir trinken möchte.

„Ich trinke sehr wenig Alkohol aber heute mache ich mal eine Ausnahme."

Ich ging zum Kühlschrank nahm zwei Dosen heraus und machte zwei Striche hinter meinem Namen auf der Liste. Nach dem gegenseitigen Zuprosten sagte ich:

„Bei den Vorbereitungen zu meiner Reise hierher habe ich auch etwas von einem Jim Cumgo gelesen. Man sagt er wäre aus dem Mount Takato gestiegen. Was hat es damit auf sich?"

„Du weißt schon eine ganze Menge über uns," lachte Joshua.

„Dann will ich dir mal erzählen was es damit auf sich hat. Vor etwas mehr als 80 Jahren tauchte hier ein Mann auf der sich Jim Cumgo nannte. In Gesellschaft von Cavatrinkern erzählte er dass er ein Bruder des Geistes von Mount Takato wäre. Er wäre gekommen um die Leute davon zu überzeugen wieder zu ihren alten Sitten und Gebräuchen zurückzukehren. Damals hatten die Engländer unser Land als Kolonie in Besitz genommen. Mit den Besatzern kamen natürlich auch Missionare ins Land die die Eingeborenen mehr oder weniger friedlich zum Christentum bekehren wollten und es auch schafften. Wobei der Glaube an Geister immer aktiv blieb, bis heute.

Jim Cumgo sagte nun, wenn ihr diese Leute fort jagt und zum alten Glauben zurückkehrt, dann werdet ihr im Wohlstand leben. Einige Jahre später als große Krieg die Welt beherrschten, tauchten hier fremde Leute mit großen Schiffen auf, sie bauten dafür Hafenanlagen und auch lange breite Straßen auf denen fliegende Schiffe landeten. Etwas was bisher völlig unbekannt war. Diese Leute brachten aber auch Dinge mit die man vorher noch nie gesehen hatte und die von allen bewundert wurden. Zum Beispiel Zigaretten, Coca-Cola, Kaugummi, Konserven und natürlich auch Alkohol. Die Leute die damals kamen waren die Amerikaner die das Land gegen eine Invasion der Japaner verteidigen wollten. Viele Leute arbeiten für die Amerikaner, wurden dafür bezahlt mit den begehrten Waren und so dachte man das wäre das Leben das ihnen der Jim Cumgo vorausgesagt hatte. Aber es dauerte nur drei Jahre dann zogen sich die Fremden zurück. Der gewohnte Wohlstand blieb aus. Natürlich hoffte man das Jim zurückkommen würde und mit ihm die fremden Leute. Deshalb fing man an, an der Küste Plätze zu bauen die wie Häfen aus sahen und Landeplätze für Flugzeuge einzurichten. Darauf stellte man Flugzeugattrappen aus Bambus und Bananenblättern. Auch wurden überall große Schilder mit einem roten Kreuz aufgestellt. Das hatte man auch bei den Fremden überall gesehen. Nun, wie wir wissen, wartet man bis heute vergeblich. Es hat sich daraus aber ein Kult entwickelt der bis heute überlebt hat und hier in unserer Gemeinde gibt es auch einen Ort an dem dieser Kult gepflegt wird, bekannt auch als Cargo Kult. Wenn du möchtest werde ich dich mit dem Chief bekannt machen."

„Aber sehr gerne. Ich bin nicht nur wegen eines rauchenden Vulkans hier sondern weil ich mehr wissen möchte über das Leben und die Kultur."

„Da bist du eine Ausnahme," sagte Joshua anerkennend.

„Was hat denn der Jim Cumgo letztlich erreicht?"

„Nun, er hat es immerhin geschafft dass die Missionare das Land verließen. In manchen Quellen liest man, die Einwohner hätten sie verspeist aber das stimmt nicht. Man hat sie an Bord des Schiffes gehen sehen mit dem sie das Land verließen.Von einem weiß man dass er einen Job in Neuseeland bekam. Aber die Bekehrung der Leute zum Christentum konnte man natürlich nicht so ohne weiteres umdrehen. Bei einigen klappte es aber die meisten blieben zumindest offiziell Christen. Gleichzeitig beteten sie aber wieder die alten Geister an. Vielleicht auch so nach dem Motto es kann nicht schaden oder auch, doppelt hält besser.

Du siehst es ja auch an mir. Offiziell bin ich Mitglied der christlichen Gemeinde. Trotzdem glaube ich an unsere alten Geister. In die Kirche gehe ich sehr selten, ich kann mit dem was der Pfarrer predigt, nicht viel anfangen. Da steige ich lieber auf einen Berg und schaut in die Ferne oder ich sitze auf einer Klippe über dem Meer. Da bin ich mit der Natur verbunden und auch mit den Geistern. Das ist sozusagen meine Art des Gottesdienstes. Die Christen glauben doch an einen Gott. Aber ihr Gott ist doch auch so etwas wie ein Geist. Keiner hat ihn je gesehen, es gibt keinen einzigen Beweis, dass es ihn überhaupt gibt. Das ist doch genau so wie mit unseren Geistern. Die hat auch noch niemand gesehen aber trotzdem glaubt man das es sie gibt. Gut, wir haben sehr viele davon, für alle Gelegenheiten einen, ihr dagegen habt nur einen einzigen. Bei den Mohammedanern ist es doch genauso. Die haben ihren Allah. Und der ist, wie sie sagen auch der einzige.

Wir haben außerdem gute Geister und böse Geister. Euer Gott und auch Allah werden ja als gut und gerecht bezeichnet. Nur wenn das so ist, warum gibt es so viel Ungerechtigkeit, soviel Elend, soviel Gewalt auf der Erde? Weil euer Gott so ein lieber ist? Er könnte doch zum Beispiel einen Vulkanausbruch der vielen 1000 Menschen das Leben kostet verhindern. Warum tut er das nicht? Unser Geisterglaube hat auch viel mit Schutz der Natur zu tun. Wenn wir die Geister auf den Bergen, in den Wäldern, in den Seen respektieren, dann ist das auch ein Teil Naturschutz. Mich hat eigentlich immer gestört dass wir von den Offiziellen der Kirche immer als von Haus aus schlechte Menschen hingestellt werden. Du bist von vornherein der Sünder, von Geburt an, selbst Babys sind also Sünder, auch wenn die noch gar nicht wissen was das ist. Das ist die berühmte Erbsünde, sagt der Pfarrer. Und die lastet auf uns weil am Beginn der Menschheit jemand einen verbotenen Apfel gegessen hat. Ich kann mir nicht vorstellen das ein gütiger Gott so nachtragend ist. Wir müssen also immer mit einem schlechten Gewissen herumlaufen. Und wenn wir nicht tun was die Kirche sagt, also pausenlos beten und spenden, dann landen wir in der Hölle.

Aber wie ist es mit dir, woran glaubst du?"

„Da fragst du einen absolut Ungläubigen. Ich habe

mich mit fast allen Religionen befasst. Die einzige, der ich etwas abgewinnen kann wäre der Buddhismus. Wobei der Buddhismus keine Religion im eigentlichen Sinne ist. Es ist mehr eine Lebensauffassung. Dort gibt es keinen Gott, den man anbeten soll. Buddha war ein sehr kluger Mann, er hat immer wieder gesagt und gepredigt dass niemand den Menschen die Verantwortung für ihr eigenes Leben abnehmen kann. Er sagte, ich kann euch gute Ratschläge geben wenn ihr Probleme habt oder wie ihr ein erfülltes Leben erreichen könnt. Aber letztlich liegt es an euch allein das auch zu tun. Nur ihr allein habt die Verantwortung für euer Leben. Nun wird das von den Buddhisten heutzutage oftmals anders ausgelegt. Sie gehen in den Tempel mit ihren Sorgen und Nöten und beten Buddha an damit er ihnen hilft. Buddha würde sich grausen wenn er das sehen würde. Ich habe erlebt dass Leute in den Tempel gingen und Buddha um die richtigen Zahlen für die nächste Lotterie anflehten. Auf jeden Fall ist der Buddhismus sanfter. Seinetwegen wurden noch keine Kriege angezettelt, ganz im Gegensatz zu dem Christentum oder dem Islam. Ich würde dafür plädieren die ganzen Religionen nicht mehr so wichtig zu nehmen. Jeder soll glauben, was er möchte aber das ist einzig und alleine seine Sache. Aus der Politik sollte man sie ohnehin völlig raus halten. Problematisch wird es bei Leuten die meinen, ihr Glaube wäre der einzig wahre und der einzig richtige. Und wer das nicht einsieht dem schlage ich den Schädel ein. Bei uns in Deutschland ist es ja sogar so, wenn du dich zu einer der beiden christlichen Konfessionen bekennst, dann darfst du dafür Steuern zahlen. Das erstaunt dich? Ich finde es auch unmöglich, ist aber so. Der Staat zieht sogar das Geld für die Kirchen ein. Ich bin deshalb auch aus der Kirche ausgetreten, als ich mein erstes Geld verdiente. Ich konnte nicht einsehen, dafür zu arbeiten dass irgendwo ein Pastor oder ein Pfarrer saß der ein dickes Gehalt kriegte und bis an sein Lebensende ausgesorgt hatte. Und wenn jemand die Kirche mal in Anspruch nahm, bei Taufen, bei Hochzeiten, bei der Beerdigung, dann darf er dafür auch noch extra bezahlen. An Gott glauben könnte ich auch trotzdem, war so mein Gedanke. Davon bin ich allerdings ziemlich schnell abgekommen. Da stimme ich dir zu, wenn der so gütig wäre wie der Pastor sagt, dann dürfte es nicht so viel Ungerechtigkeit auf der Welt geben, Kriege schon gar nicht.

Ich finde es auch absolut unlogisch, dass ein Pfarrer, der ja auch nur ein Mensch ist, wenn auch ein speziell geschulter, dass der Menschen Sünden vergeben kann. Wenn überhaupt, dann könnte das ja nur Gott machen. Wie ist es, wenn ein Pfarrer eine Sünde begeht? Vergibt er sich dann selbst oder geht er zu seinem Chef? Ich finde auch, dass beten eine sehr einfache Methode ist, um die Verantwortung für eigene Probleme an jemanden oder etwas anderes, zu übertragen, statt sich zu bemühen sie selbst zu lösen. Ein Minister der neu in sein Amt eingeführt wird, der schwört dass er seine ganze Kraft dem Volke widmen wird. Warum sagt er zum Schluss, so wahr mir Gott helfe? Ist das nicht schon von vorne herein eine Entschuldigung dafür wenn er sein Amt nicht optimal ausführt. Er kann dann immer sagen ich wollte ja aber Gott wollte nicht. Ich hab also keine Schuld. Im Islam sagt man Inshallah, was derselbe bedeutet. Mir hat es mal ein Mohammedaner so erklärt, wenn wir uns für morgen um 3:00 Uhr verabreden und ich bin nicht da weil ich es verschwitzt habe, dann kannst du mir böse sein. Wenn ich aber sage wir treffen uns morgen um 3:00 Uhr Inshallah und ich bin nicht da, dann hat es ja nicht an mir gelegen, ich wollte ja, aber Allah hatte etwas dagegen. Dann darfst du mir nicht böse sein.

Ich könnte noch viele solcher Widersprüche aufzählen. Je intensiver ich mich mit diesem Thema befasst habe, desto mehr Zweifel habe ich an allen Religionen. Sie werden gerne genutzt um Menschen gefügig zu machen. Außerdem sind sie eine sehr bequeme Möglichkeit um an Geld zu kommen. Oder haben die Kirchenfürsten ihre Kathedralen und Paläste selbst finanziert? Nein, sie haben ihren Gläubigen, ihren sogenannten Schäfchen gesagt, ihr müsst spenden für das Haus Gottes, sonst kommt ihr nicht in den Himmel. Gott braucht aber kein Haus auf der Erde denn, wie der Pfarrer selbst sagt, Gott ist überall zugleich."

Joshua dachte nach.:
„Wenn du möchtest kann ich dir ein paar heilige Plätze zeigen. Nur einige, die wichtigsten sind tabu für dich, aber ich kann dir zeigen, wie wir unsere Geister

respektieren und verehren."

Das war natürlich ein Angebot, das ich keinesfalls ablehnen konnte und wollte.

„Wie wäre es morgen, so am frühen Nachmittag? Dann können wir anschließend zum Mount Takato fahren und zum Krater hinaufsteigen. Du willst ja sicherlich auch oben sein wenn es dunkel ist, wie alle."

Er lachte leise vor sich hin.

„Ich hole dich dann morgen ab."

Ich hatte morgen Vormittag also noch Zeit, mich um den Cargo Kult zu kümmern. Joshua hatte den Chief schon unterrichtet und mich angekündigt. Es war nicht weit, ich könnte bequem zu Fuß gehen.

Chief Pakanu empfing mich sehr freundlich als ich am Morgen dort auftauchte.

„Wir freuen uns immer wenn sich jemand für unsere Kultur interessiert. Insbesondere wenn er nicht nur kommt um einige Fotos für Instagram zu machen. Joshua sagte dich würde vor allem das Leben hier interessieren. Allerdings gibt es im Augenblick nicht so sehr viel zu sehen bei uns. Da müsstest du kommen wenn wir unsere jährliche Feier veranstalten. Joshua hat mir gesagt das Wesentliche würdest du bereits wissen. Ja, wir glauben dass Jim Cumgo eines Tages wieder bei uns erscheint. Er wird uns in ein besseres Leben führen, ein Leben ohne Sorgen und Nöte und mit friedfertigen Menschen. Ich zeige dir jetzt erst einmal unsere Zeremonienhalle. Dort haben wir alles aufbewahrt und ausgestellt was bei der großen Feier verwendet wird."

Er führte mich in ein großes Haus in dem Dinge ausgestellt waren die an die Anwesenheit der Amerikaner erinnerten. Es fehlten wieder Coca-Cola Flaschen noch Kaugummipäckchen. Es waren alte Hinweisschilder vorhanden viele davon mit einem roten Kreuz und jede Menge Uniformen und Gewehrattrappen.

„Die Uniformen verwenden wir für unsere Paraden. Und das Rote Kreuz sehen wir als Zeichen für Jim Cumgo. Ich weiß das es bei euch als Zeichen einer Hilfsorganisationen verwendet wird aber hier ist ist das Emblem für Jim."

Die Fülle der gesammelten Stücke war überwältigend. Es war auch ein Altar vorhandenen an dem jeden Tag gebetet wurde, wie mir Chief Pakanu berichtete. Ich staunte, staunt vor allem darüber dass es in der heutigen Zeit so etwas noch gibt, so etwas noch praktiziert wurde. Vorsichtig fragte ich nach ob man nach so langer Zeit wirklich an eine Wiederkehr glauben würde. Schließlich war Jim seit über 80 Jahren nicht mehr aufgetaucht und es gab keine Andeutungen dass er es jemals tun würde. Die Antwort des Chiefs machte mich sprachlos:

„Ich kenne diese Frage zur Genüge. Fast jeder stellt sie. Nur überleg doch mal, ihr Christen wartet seit über 2000 Jahren darauf das euer Heiland wieder erscheint. Davon seid ihr absolut überzeugt. Was sind da schon 80 Jahre."

Joshua kam pünktlich, fuhr mit mir durch die Felder

mit Jams, Kürbissen und Zuckerrohr bis an den Rand des Urwalds. Dort stellte er den Jeep ab und ergriff eine Machete. Mit den Worten:

„ist nicht sehr weit,"

fing er an einen kaum erkennbaren Pfad frei zu schlagen. Nach etwa 200 Metern erreichten wir eine kleine Lichtung und Joshua hieb dort auf eine Wand von Schlingpflanzen ein. Nach kurzer Zeit konnte ich eine grobe Steinfigur erkennen und nach weiteren Bemühungen wurde daraus eine Art primitiver Altar. Eine große Steinfigur, die nur in groben Umzügen als solche zu erkennen war, stand auf einem Podest. Daneben lagen mehrere bleiche Menschenschädel. Drumherum Scherben und Stofffetzen, Reste von Dingen die wohl bei Zeremonien benutzt worden waren. Joshua hielt inne, ließ die Machete fallen, legte die Hände zusammen, murmelte etwas vor sich hin. Nach einer ganzen Weile wand er sich zu mir:

„dieser Platz wird heute kaum noch besucht. Der Geist ist allerdings immer noch aktiv. Die Leute gehen jetzt dorthin wo er zum letzten Mal in Erscheinung getreten ist. Dort hat man einen neuen Altar für ihn errichtet und dort wird er angebetet. Deshalb kann ich dir diesen Platz auch zeigen, sonst wäre für dich tabu. Die Schädel die du hier siehst stammen von besiegten Feinden. Sie wurden dem Geist damals präsentiert als Dank für seine Hilfe. Die Schamanen haben hier früher auch mit unseren Ahnen kommuniziert."

„Ist das ein Geist für besondere Situationen?" fragte ich ihn.

„Er ist zuständig vor allem für die Bauern. Sie kamen hierher um für eine gute Ernte zu bitten. Manchmal flehten sie ihn an um mehr Regen, manchmal auch um weniger, je nach dem. Bei Insektenplagen wird er bemüht. Kurz bei allem was für die Bauern zum Überleben wichtig ist. Das Vieh darf man dabei auch nicht vergessen."

Er stand noch eine Weile andächtig und still vor der Steinfigur, dann packte er die Machete und ging den Weg zurück. Beim Jeep sagte er:

„ich zeige dir jetzt noch den Platz zu dem ich gehe wenn ich Probleme habe und nachdenken muss."

Er fuhr einen Hügel hinauf zu einem Platz von dem man weit über das Meer blicken konnte. Dort setzte sich auf einen großen Stein und deutete mir mich neben ihn zu setzen. Wir saßen eine ganze Weile schweigend.

„Der Geisterglaube ist für euch Europäer sicherlich schwer zu verstehen," begann er zu erzählen.

„Aber ich glaube daran. Mehr als an das was mir der Pfarrer früher erzählt hat. Es passt auch einfach mehr zu unserer Kultur und zu unserer Landschaft. Geister gibt es für alle Situationen des Lebens, man sucht sich den richtigen aus und bittet ihn um Hilfe. Da unterscheidet sich unser Glaube noch nicht einmal so sehr von eurem. Auch ihr betet Heilige an damit sie euch helfen."

„Ist euer Geisterglaube eine Religion?" wagte ich zu fragen.

„Ich würde sagen nein," antwortete er,

„das Wesen aller Religionen ist doch dass es irgendwo einen Gott gibt oder auch mehrere. Bei den Christen gibt es nur einen, bei den Mohammedaner gibt es auch nur einen. Die Hindus haben jede Menge. Die Buddhisten wiederum haben keinen. Deshalb streitet man sich ja auch ob der Buddhismus eine Religion ist. Viele meinen, wie ich auch, es ist keine, es ist eine Lebensauffassung. Allerdings glauben die ja auch an ein Leben nach dem Tode beziehungsweise sogar eine mehrfache Wiedergeburt. Das ist bei unserem Geisterglauben nicht der Fall. Wer stirbt ist tot und bleibt es auch. Allerdings können wir mit unseren Ahnen weiterhin kommunizieren. Nicht mit allen aber mit denen die sich in ihrem Leben besonders hervorgetan haben. Das kann auch nicht jeder sondern nur bestimmte Leute und natürlich die Schamanen. Der gewöhnliche Mensch bedient sich daher eines Schamanen wenn er bei wichtigen Entscheidungen seine Ahnen mit einbeziehen möchte. Und das tun hier fast alle. Aber zu Lebzeiten macht sich niemand darüber Gedanken wie es nach dem Tode weitergeht und ob es überhaupt weitergeht. Tot ist tot. Aber die Ahnen nehmen weiterhin an unserem Leben teil. Und sie sind die Vermittler zu den Geistern. Deshalb müssen wir sie auch immer in Ehren halten.“

Fast hatten wir es geschafft. Noch gut 100 Meter dann war der Kraterrand erreicht. Seit wir den Urwald verlassen hatten, war etwa eine Stunde vergangen. Ok, wir waren langsam gestiegen, der Weg war auch nicht sehr steil, nur dass man bei jedem Schritt einen halben wieder abwärts rutschte in dem losen Bims und der Asche, das war lästig, machte den Berg einfach höher als er in Wirklichkeit war. Die ganze Zeit über hörten wir im Dreiminutentakt das Grollen des Vulkans und sahen Lavafontänen in den Himmel schießen. Klar, es war ein aktiver Vulkan und er erinnerte uns permanent daran. Eine gewisse Anspannung und Nervosität konnte ich nicht verbergen. Es war keine Angst dabei, nur Aufregung und Neugier auf das was gleich zu erleben sein würde.

Ein Stück von uns entfernt sahen wir die zwei Jeeps stehen, die mit acht Touristen bis fast ganz rauf gefahren waren. Die standen schon am Kraterrand und schauten hinab in den Kessel. Gleich würden wir auch da sein. Es war später Nachmittag und wir hatten, wie fast alle Besucher, die Absicht, bis zum Hereinbrechen der Dunkelheit oben zu verweilen. Erst dann käme man in den vollen Genuss dieses Naturphänomens. So hatte ich gelesen und so hatte es mir auch mein Führer, Häuptling Joshua, bestätigt. Nein, ich wollte nicht fahren, hatte ich ihm ja gleich erklärt. Ich wollte diesen Berg zu Fuß besteigen hatte ich gesagt. Joshua hatte sich bereit erklärt mit mir zu gehen. Er begrüßte mein Vorhaben sogar. Er sagte, er würde es am liebsten ganz verbieten, dass man den Vulkan mit dem Auto befährt. Aber, es bringt halt Geld unter die Leute, und das haben die dringend nötig.

„Das ist noch nicht einmal das größte Problem", sagte

er.

„Nur die Touristen fangen neuerdings an irgendwelche Sachen in den Krater zu werfen, Kanister mit chemischen Sachen die die Flammen noch besser und farbiger leuchten lassen. Das wird sich unser Vulkan nicht gefallen lassen. Irgendwann wird er zurück schlagen."

Dann rief er mir etwas zu und winkte mit der rechten Hand;

„Da rechts hoch, das ist ein besserer Platz. Da haben wir den Wind im Rücken. Stinkt nicht so stark und verirrte Lavabrocken fallen seltener auf uns," grinste er.

„Außerdem stört uns das Geschrei der anderen nicht. Sind Amerikaner und da kreischen die Frauen meist hysterisch."

Und dann standen auch wir am Kraterrand. Vor uns gähnte der Abgrund und tief unten leuchtete ein orangefarbener See. Dampf stieg auf. Es war ein wahrer Höllenschlund. Obwohl im Augenblick ganz friedlich. Das änderte sich schlagartig. Fast ohne Ankündigung schoss aus einer Blase eine Lavafontäne in den Himmel, begleitet von einem infernalischen Lärm. Die glühenden Lavasteine bildeten einen Fächer am Himmel, fielen dann im Bogen auf der anderen Seite des Kraters herunter und erloschen. Joshua hatte Recht, das Kreischen der Amerikanerinnen war noch bis hierher zu hören.

„Wenn sie heiser sind hören sie von selbst auf," sagte Joshua,

„ist immer so."

Ich setze mich staunend. Diese Schauspiel alleine hatte die weite Reise schon gelohnt.

„Du bist doch schon viele hundert Mal hier oben gewesen," wandte ich mich an meinen Führer,

„ist das nicht ziemlich langweilig für dich?"

„Nein, es ist immer wieder erregend und, wie ich dir ja erzählt habe ist es für uns, die wir hier leben, ein heiliger Berg. Hier wohnt der große Geist der unser Volk beschützt. Deshalb ist es für mich, wie gesagt, so etwas wie ein Gottesdienst."

Mittlerweile war die Sonne untergegangen. Und wie es in den Tropen so ist, kurze Zeit später war es stockfinster. Nur die regelmäßigen Feuerstöße erleuchteten die Umgebung. Wie Joshua vorausgesagt hatte waren die Amerikaner schweigsam geworden. Nur ihre Taschenlampen sahen wir blinken. Mengen an Foto- und Filmaufnahmen hatte ich gemacht. Mir schien, dass die letzten Eruptionen stärker waren als die vorherigen. Konnte aber auch Einbildung sein. Es war alles so überirdisch hier oben.

Plötzlich veränderte sich der Ton der Ausbrüche. Es klang nicht nur lauter sondern auch, man kann fast sagen bösartiger. Oder bissiger. Joshua erstarrte. Ich konnte es im Schein des letzten Ausbruchs deutlich sehen. Einen Augenblick zögerte er, dann packte er meine Hand und sagte:

„Let´s go, the ghost get`s angry."

Dann machte er ein paar Schritte den Hang hinab, blieb stehen und rief den Touristen und den beiden Fahrern etwas zu was ich nicht verstehen konnte. Aber die riefen etwas zurück und blieben weiterhin auf dem Kraterrand stehen. Winkten fröhlich mit ihren Taschenlampen.

„Dann eben nicht," sagte Joshua,

„die sind alt genug und wissen was sie tun müssen."

Damit zog er mich mit sich und wir rannten den Abhang hinab, leuchteten mit den Lampen voraus so gut es eben ging.

„Quick, quick," setzte er noch hinzu.

Er nahm auch nicht den Weg sondern stürzte förmlich den Abhang hinunter. Schon das beunruhigte mich. Ich hatte bisher noch nie erlebt, dass er sich schnell bewegte. Ziemte sich für einen Häuptling auch nicht.

Das Grollen wurde stärker. Ganz tief drinnen im Berg. Die Lavafontänen waren aber schwächer geworden. Irgendwann blieb ich stehen, musste verschnaufen. Als ich zurück blickte sah ich das die Touristen immer noch oben am Rand standen. Endlich waren wir am Fuß des Vulkans angekommen, rannten jetzt über die Aschenebene auf dem Urwaldsaum zu. Bis dahin und dann waren es noch etwa zwei Kilometer auf dem Urwaldpfad bis zu unserem geparkten Jeep. Joshua hastete ohne Pause weiter.

„Come, come," hörte ich ihn zeitweilig keuchen. Ich hatte immer noch nicht begriffen warum er von diesem Berg flüchtete. Aber er kannte sich hier aus, hatte sein ganzes Leben hier verbracht. Er würde seinen tritigen Grund haben. Plötzlich wurde es hell. Wir blieben stehen und drehten uns um. Die aus dem Krater aufsteigende Wolke wurde von unten angestrahlt. Eine unwirkliche Beleuchtung. Und dann schoss eine riesige Fontäne aus dem bisher so ruhigen Vulkan, begleitet von einem überirdischen Donner. Der ganze Boden vibrierte. Anscheinend hatte auch der Wind gedreht denn die ganze Feuersäule kippte jetzt nicht mehr nach hinten, wie bisher sondern nach vorne, dahin wo die zwei Jeeps standen. Wir sahen einige Leute laufen, aber einen Augenblick später hatte die Lavasäule alles verschluckt und mit Rauch und Feuer verdeckt. Wir standen wie erstarrt. Da war jeder Rettungsversuch aussichtslos. Das war es was Joshua geahnt hatte. Ein heftiger Ausbruch. Aber wieso? Nur weil das Grollen etwas stärker war?

Jetzt quoll aus der Seite des Kraters ein Strom flüssiger Lava hervor und begann den Hang hinabzulaufen. Wir drehten uns um und liefen auf den Waldrand zu. Eine weitere Explosion erfolgte und glühende Lavastein fielen nicht weit entfernt von uns zu Boden.

Weg, nichts wie weg, war mein einziger Gedanke.

Bei der dritten Feuersäule waren die Einschläge noch dichter und plötzlich zischte ein Brocken an mir vorbei und traf Joshua am Kopf. Er fiel der Länge nach hin und rührte sich nicht mehr. Einzig seine Taschenlampe leuchtete noch und wies mir den Weg. Er lag auf dem Rücken mit verdrehten Augen und einer Wunde an der Schläfe. Dort hatte ihn ein faustgroßer Stein getroffen. Ich tastete nach seinem Puls, konnte ihn in der

Aufregung nicht finden. Versuchte es an der Hals-schlagader und war etwas beruhigt als ich den Herz-schlag fühlen konnte. Er stöhnte leicht, was ich in die-ser Situation als positiv aufnahm. Ansprechbar war er trotz meiner Bemühungen nicht. Die Wunde blutete nicht, die rechte Seite des Kopfes war aber schwarz angesengt. Es roch nach Gegrillten. Blöder Gedanke, aber er kam ganz spontan.

Ich drehte ihn auf die Seite, damit er nicht ersticken konnte.

Was tun?

Klar, Handy. Ist ja heutzutage die erste Reaktion wenn etwas Unverhofftes passiert. Welche Nummer? Die Frage erübrigte sich sogleich. Mein Handy zeigte an: „Kein Netz."

Wieso? Oben auf dem Berg hatte es doch funktioniert. Joshua hatte von dort telefoniert, was mich sehr störte. Aber hier war eine Senke. Das Dorf war auch nicht zu sehen, nur dessen Lichterschein spiegelte sich in eini-gen Wolken. War also nichts. Tragen konnte ich ihn nicht, er war einfach zu schwer und es waren ja noch über zwei Kilometer bis zum Jeep.

Eine andere Möglichkeit wäre zum Jeep zu laufen, den bis hierher fahren und Joshua einladen. Nur im Dunkeln auf diesem holperigen Pfad? Das würde ewig dauern, bis ich den Wagen überhaupt erreicht hätte. Außerdem traute ich mich nicht ihn so lange alleine zu lassen. Obwohl ich keine Ahnung hatte was ich unternehmen konnte wenn es ihm schlechter ginge, die Atmung ausblieb. Künstliche Beatmung?

Hier alleine auf dem Aschenfeld, noch dazu unter Beschuss aus dem Krater?

Wie konnte ich auf mich aufmerksam machen? Die Leute im Dorf waren natürlich im Alarmzustand. Der Vulkanausbruch war nicht zu überhören. Die Dorfbewohner würden sicher auch nach uns und den Touristen suchen. Jeder wusste, dass wir unterwegs waren. Aber wir waren nicht den üblichen Weg gefahren. Joshua wusste einen interessanteren, wollte mir noch etwas aus der Natur zeigen.

Feuer machen fiel mir letztlich ein. Ich muss ein großes Feuer machen. Bei unserem Weg am Nachmittag hatte ich ein Maisfeld neben dem Urwald gesehen. Joshua hatte mir gesagt dass der Mais jetzt reif für die Ernte wäre. Die Halme und Blätter waren alle strohtrocken. Die würden sicher gut brennen. Dann wäre zwar die ganze Ernte hin aber das wäre wohl kein zu hoher Preis für das Leben des Häuptlings.

Feuer, Feuerzeug! Ich hatte keines bei mir. Bin Nichtraucher. In Joshuas Hosentasche konnte ich auch keines ertasten. Ich schaute mich um. In einiger Entfernung sah ich am Boden etwas glimmen. Eine Lavabombe? Womöglich eine etwas größere? Dann müsste ich dort auch etwas entzünden können. Mit der Taschenlampe leuchtete ich zum Maisfeld hinüber. War nicht sehr weit. Also dort hin, einige Blätter und einen Stiel aufsammeln und dann weiter zur Lavabombe. Sie glühte immer noch ganz leicht in einigen Ritzen. Nur deshalb konnte ich sie überhaupt wieder finden. Nach etwas Stochern bildete sich Glut am Maisstengel. Etwas pusten und vorsichtig ein Maisblatt dran halten. Es klappe auf Anhieb. Nun wieder zurück zum Feld. An zwei, drei Stellen Feuer legen und schon stand das ganze Feld in hellen Flammen. Das müssten sie im Dorf auf jeden Fall sehen. Ich hoffte das sie es richtig deuten würden. Kommen würden sie sicherlich, und wenn auch nur aus Angst um die Ernte.

Jetzt warten.

Ich bemühte mich um Joshua, schüttelte ihn, klopfte ihm auf die Wangen, rief ihn, horchte. So wie man es immer im Fernsehen sieht wenn der Notarzt kommt. Aber keine Reaktion.. Zumindest atmete er regelmäßig, was mich etwas beruhigte. Ich dachte weiter. Mit der Ankunft der Leute aus dem Dorf war das Problem ja nicht gelöst. Da war kein Arzt dabei. Im Dorf hatten sie eine Krankenstation. Da war eine Krankenschwester die Wunden verband oder den Leuten Mittel gegen Magen- und Darmbeschwerden verabreichen konnte. Vielleicht auch mal ein gebrochenes Bein schienen. Aber bei größeren Problemen mussten die Patienten per Flugzeug ins Krankenhaus in der Hauptstadt gebracht werden. Das würde wohl auch hier so sein. Aber jetzt war Nacht. Das Flugzeug könnte erst am Morgen landen. Wir mussten ihn also so lange betreuen. Welche Verletzungen könnte er haben? Zumindest eine schwere Gehirnerschütterung, vielleicht war auch der Schädel gebrochen oder angeschlagen. Wenn er aufwachte würde er sicher auch Schmerzen haben gegen die man was tun müsste. Ich hoffte nur das die Krankenschwester fit genug war und mir die Last abnahm. Vor gar nicht langer Zeit hätte man sicher den Schamanen geholt.

Die Zeit dehnte sich. Wo blieben die bloß. Ich schaute zum Vulkan. Lava quoll immer noch aus der Spalte und bewegte sich langsam aber mit erschreckender Stetigkeit abwärts, in meine Richtung. War zwar noch sehr weit entfernt und daher ungefährlich. Jetzt, aber wie lange noch? Irgendwann hörte ich ferne Motorge-räusche, die näher kamen. Dann endlich schwankende Scheinwerfer zwischen den Bäumen. Ich sprang auf und schwenke meine Taschenlampe. Die Ankommen-den reagierten sofort und blinkten mit den Scheinwer-fern. Man hatte anscheinend alle vorhandenen Fahr-zeuge in Bewegung gesetzt.

Ich zeigte nur stumm auf Joshua als sie mich erreich-ten. War auch erleichtert nun nicht mehr alleine hier zu sein, di Verantwortung zumindest teilen zu können.

„Wo sind die Anderen?", kam die befürchtete Frage.

Ich zeigte zum Berg und sagte nur;

„Dead, der Vulkan hat sie sich alle geholt."

Schweigen in der Runde.

Acht Personen waren Touristen, natürlich tragisch aber die zwei Fahrer waren aus dem Dorf, vermutlich mit einigen hier auch verwandt. Das zählte sicherlich mehr.

Wir legten Joshua vorsichtig auf die Rückbank und polsterten sie aus mit allem, was zur Verfügung stand. Dann machten wir uns auf den Weg zum Dorf. Als wir an dem immer noch brennenden Maisfeld vorbei kamen schauten mich einige Leute fragend an.

„Lavabombe",

sagte ich und die Männer nickten verständnisvoll. Zumindest schien es mir so.

Obwohl die Männer so vorsichtig wie möglich fuhren, Buckeln und Schlaglöchern auswichen, war es für Joshua eine Strapaze. Selbst wir zuckten bei jedem Schlag zusammen.

Joshua stöhnte und öffnete plötzlich die Augen. Als er mich sah suchte er nach meiner Hand, drückte sie fest und zog mich herunter und flüsterte mir ins Ohr:

„Ich wusste dass es so kommen würde", sagte er mit kaum hörbarer Stimme.

„Ich hab sie gewarnt aber keiner wollte auf mich hören. Der Geist wird sich rächen und sich das ganze Dorf holen. Sie müssen es verlassen. Alle!"

Dann schwanden ihm wieder die Sinne.

Was meinte er damit? Ich konnte mir aus dieser Aussage keinen Reim machen. Er hatte den Ausbruch anscheinend vorhergesehen. Wen hatte er gewarnt und wo vor. Und sollte das heißen es stände ein noch größerer Ausbruch bevor, einer der das ganze Dorf bedrohen würde? Alle sollten das Dorf verlassen? In der Hauptstadt war eine seismologische Station, die die Aktivitäten der drei tätigen Vulkane hier im Lande überwachte. Ich würde den dortigen Leiter morgen anrufen. Vielleicht hätte er ja eine Erklärung. Die jetzigen Ereignisse hatten sie sicherlich schon registriert.

Wir beschlossen Joshua gleich zum Flugplatz zu fahren um ihm einen weiteren Transport zu ersparen. Auch auf diesem kleinen Flugplatz hatte man einen Raum für Unfälle und Behandlung. Es kam immer mal vor, dass Passagieren unwohl wurde. Insofern war man darauf vorbereitet und hatte dort Liegen aufgestellt. Die Krankenschwester kam mit dem Motorrad angesaust. Sie hatte ihren Erste-Hilfe-Koffer dabei. Sie schaute Joshua an, fühlte seinen Puls, leuchtete ihm in die Augen. Und dann... Dann zuckte sie ratlos mit den Schultern:

„Da kann ich nicht viel machen", sagte sie

„Er hat auf jeden Fall eine Gehirnerschütterung und vermutlich oder wahrscheinlich sogar einen Schädelbruch. Er braucht jetzt absolute Ruhe."

„Was tun wir wenn er aufwacht und Schmerzen hat," warf ich ein,

„Hast du denn Schmerzmittel?"

„Ja, es ist sogar Morphium dabei für die ganz schweren Fälle, aber das darf ich nur im äußersten Notfall verwenden".

Wir lagerten Joshua in dem Raum, kühlten seine Stirn und warteten. Warteten auf den , der das Flugzeug bringen würde. Die Krankenschwester saß neben ihm und achtete auf jede Veränderung.

Ich setzte mich draußen auf eine Bank. Erst mal verschnaufen. Tun konnte ich im Augenblick nichts. Nach einer Weile setzte sich jemand zu mir und reichte mir schweigend eine Dose Bier.

„Der eine dort droben war mein Bruder," sagte er nach einer ganzen Weile und zeigte auf den Berg. Dann hob er die Bierdose und sagte:

„Auf Tilap, meinen Bruder."

Wieder eine lange Pause.

„Es ist auch meine Schuld, dass es so gekommen ist. Wir wollten auf Joshua nicht hören, meinten es besser zu wissen. Nun ist es zu spät.".

Wieder schwieg er lange. Ich wagte nicht ihn zu stören, konnte meine Fragen aber kaum zurück halten.

„Du möchtest sicher wissen was passiert ist",

begann er. Ich nickte.

„Wir hatten irgendwann gehört dass es möglich wäre die Flammen des Vulkans bei einer Eruption zu verändern, sie eben bunter zu machen. Dazu muss man eine Chemikalie in den Krater werfen. Wir haben es dann einmal versucht, haben mit einer Schleuder eine Flasche mit dem Zeug, ich weiß schon nicht mehr was es war, das wusste nur mein Bruder, in den Lavasee katapultiert. Und tatsächlich, ganz unten, kurz über der Oberfläche leuchtete kurz eine blaue Flamme auf. Allerdings kaum zu sehen. Wir brauchten also eine größere Menge. Nur wie die in den Krater bekommen? Die durfte ja nicht schon am Abhang beim Runterrollen entzünden.

Wir meinten mit dieser Idee ein tolles Geschäft machen zu können. Es gibt ja immer Leute die bereit sind, dafür viel Geld springen zu lassen. Wir dachten da besonders an Amerikaner. Manchmal ankern die hier mit ihren Superyachten. Bei denen spielt das Geld keine Rolle. So konstruierten wir eine Rutsche die man über den Abhang schieben konnte. Immer nur dann wenn sie gebraucht wurde. Sonst lag sie versteckt am Kraterrand. Für die Chemikalie bauten wir so eine Art großen Ball. Den wollten wir hinab rollen lassen. Müsste direkt in den Lavasee fallen. So dachten wir. Gesagt getan. Wir kauften beim Schiffsausrüster einige große Fender aus Plastik, die man beim Anlegen von Schiffen verwendet. Die Chemie kam hinein und wurde verschlossen. Dann umwickelten wir das Ganze mir Kokosnussschnüren. Die gibt es hier reichlich und billig. Außerdem sind sie absolut unauffällig. Die Rutsche bauten wir zusammen aus Bambusstangen und schafften sie auf den Vulkan. Dann probierten wir sie mit einer kleineren Menge Chemie aus. Es klappte. Die Flammen waren bunt und spektakulär. Dann bauten wir einen großen Ball zusammen, konnten ihn gerade noch tragen. Häuptling Joshua ahnte anscheinend, dass wir etwas vor hatten, wusste aber nichts Genaues. Er hielt uns Vorträge über die Bedeutung des Vulkan für unsere Kultur. Er betonte, dass er das Dorf ja bisher immer beschützt hatte. Wir hörten ihm zu und dachten unseren Teil. Dass wir mit unseren Aktivitäten einen größeren Ausbruch provozieren könnten, daran hat keiner geglaubt. Uns ging es nur ums Geschäft.

Gestern wollten wir es ausprobieren, die Gruppe Amerikaner war ganz begeistert und auch bereit dafür zu zahlen. Insbesondere reizte die natürlich dass es eigentlich illegal war und das sie die Ersten waren, die so ein Spektakel erleben durften. Wir hatten alles vorbereitet, der Ball lag auf der Rutsche. Man brauchte nur den Bremsklotz zu lösen.

Ich hatte leider keine Zeit, wäre gerne dabei gewesen. Zum Glück hatte ich keine Zeit, kann ich heute sagen. Ja, den Rest kennst du natürlich besser als ich."

Schweigen.

Ist so etwas möglich, fragte ich mich, kann der Mensch so die Natur beeinflussen? Klar oftmals genügt der berühmte Wassertropfen um das Fass zum Überlaufen zu bringen, hier war es eben ein kleiner Eingriff der den Vulkan zum Überlaufen brachte. Joshuas Meinung über den Geist des Vulkans der das Dorf beschützt, war doch wohl sehr in der Mythologie verwurzelt. Aber wer weiß das schon.

Joshuas Frau Loana kam und setzte sich zu uns.

„Ich wollte mich bei dir bedanken weil du meinen Mann gerettet hast. Ohne dich wäre er wohl schon tot."

Ich winkte ab: „Ich habe nur gemacht was nötig war. Hätten andere genauso getan."

„Ja schon aber Joshua fand dich sehr sympathisch. Hat gesagt endlich mal jemand der sich für unser Leben und unsere Kultur interessiert und nicht nur für den spuckenden Vulkan. Er mag dich. Deshalb meine Bitte an dich, kannst du ihn auf dem Flug ins Krankenhaus begleiten? Das wird ihn sehr beruhigen, auch wenn man es ihm nicht anmerken wird. Er wird spüren dass jemand bei ihm ist. Du musst doch ohnehin wieder in die Hauptstadt".

Das stimmte. Zwar war mein Flug erst für übermorgen gebucht aber das würde sich sicherlich regeln lassen. Außerdem könnte ich dann den Vulkanologen besuchen. Letztlich war ich ja auch Journalist und brauchte gute, aktuelle Informationen wenn ich meine Erlebnisse vermarkten wollte.

„In Ordnung," sagte ich und stand auf,

„Dann gehe ich jetzt in mein Baumhaus und packe meine Sachen. Zum Schlafen komme ich ohnehin nicht mehr."

„Danke," sagte sie und berührte mich scheu am Arm.

Ich überlegte kurz ob ich ihr etwas von Joshuas Prophezeihungen erzählen sollte. Unterließ es aber schließlich.

„Passt gut auf euch auf", sagte ich stattdessen,

„Es könnte sein, dass der Ausbruch größer wird. Darauf solltest ihr vorbereitet sein."

Sie lächelte.

„Ich kenne Joshuas Meinung. Wir werden auf der Hut sein."

Ich schlug den Weg zu meinem gemütlichen Baumhaus ein, kletterte die Leiter hinauf und ließ mich auf das Bett fallen. So hatte ich mir die letzten Tage hier doch nicht vorgestellt. Aber was soll´s. Mir war nichts passiert, den Vulkan hatte ich besucht und in ein paar Tagen würde ich ohnehin wieder nach Hause fliegen.

Ich suchte meine Sachen zusammen, packte meinen Rucksack und machte mich wieder auf den Weg zum Flugplatz. Im Osten wurde es schon hell, als ich ihn erreichte. Der Flieger würde sicher demnächst starten.

Ich ging in den Notfallraum. Die Krankenschwester saß neben Joshua und blickte auf als ich eintrat:

„Keine Veränderung ," sagte sie,

„Manchmal dreht er sich und schüttelt sich, dann ist er wieder absolut ruhig. Er muss dringend geröntgt werden. Ich hoffe, der Flieger kommt bald".

Der Leiter des Flugplatzes trat dazu;

„Die Maschine ist gerade gestartet. In einer guten halben Stunde wird sie hier sein. Bereite alles zum Transport vor."

Und zu mir gewandt;

„Du willst unsere schöne Insel heute schon verlassen? Alles klar, wir haben es schon geregelt."

„Nein,nein", beeilte ich mich zu sagen:

„Ich würde gerne noch bleiben, aber...."

Ich zeigte auf Joshua.

„Ich weiß." antwortete der Leiter,

„Wir alle finden es toll, dass du dich um ihn kümmerst. Wir hoffen, dass es ihn nicht zu schlimm erwischt hat. Er hat hier im Dorf großes Ansehen. Ich hoffe wir sehen dich bald wieder hier."

„Danke," sagte ich,

„das hoffe ich auch."

„Wir haben einen Platz in der Maschine neben der Trage von Joshua für dich reserviert. Jetzt ist der Flieger fast leer, ist ja ein Sonderflug, die planmäßige Maschine kommt erst in drei Stunden, aber auf dem Rückflug wird es voll. Es sind viele Touristen da die möglichst schnell die Insel verlassen wollen. Deshalb haben wir alle freien Plätze vergeben."

Ich schaute rüber zum Schalter. Richtig, dort drängten sich noch viele Leute die weg wollte. Verständlich, das Beben, die Lava, die Aufregung und dann keinerlei Informationen. Möglichst schnell weg, wer weiß was noch kommt.

Wenig später hörten wir das Brummen des anfliegenden Flugzeugs. Es hielt aber nicht direkt auf die Piste zu, sondern machte noch einen weiten Bogen in Richtung des Vulkans. Man wollte wohl noch einen schnellen Überblick haben. Nach zwei Umkreisungen setze es zur Landung an.

Beim Stop stiegen nur wenige Leute aus. Zwei Sanitäter mit einer Trage und ein japanisch aussehender Mann. Als er sah, dass ich mich um den Transport von Joshua kümmerte, kam er auf mich zu und stelle sich als Dr. Joshi Hamura vor.

„Ich bin der Leiter der seismologischen Station in der Hauptstadt. Ich vermute Sie sind derjenige, der den Mann dort",

er zeigte auf Joshua, der gerade ins Flugzeug geladen wurde,

„der ihn vom Vulkan runter gebracht hat. Hochachtung. Aber für mich sind Sie vor allem ein ausgezeichneter Augenzeuge. Er gab mir die Hand,

„Ich bin Joshi für dich".

„Ich fliege wieder mit zurück, dann haben wir unterwegs Gelegenheit, darüber zu reden."

Ich schaute nach, ob man Joshua gut versorgt hatte.

Die Sanitäter gaben ihm gerade eine Infusion.

„Hat uns der Krankenhauschef mitgegeben",
erklärten sie mir auf meinen fragenden Blick.

Da es nichts weiter zu tun gab für mich setzte ich
mich neben Joshi Hamura.

„Ihr habt vermutlich die Aktivitäten des Mt. Takato
längst registriert", fragte ich ihn.

„Na klar, da ging gleich Alarm los. Unsere Station
liegt etwas höher am Berg und da konnte man in
Richtung der Vulkaninsel zumindest etwas vermuten.
Sehen können wir sie von dort allerdings nicht. Ich
kenne die Örtlichkeit sehr gut, bin natürlich häufiger
dort. Aber der Takato hat uns bisher keine Arbeit
gemacht. Schmaucht seit Jahrhunderten gemütlich vor
sich hin. Alle paar Minuten einen Schnaufer mit einer
kurzen Eruption, das ist alles. Es muss allerdings vor
langer Zeit einen größeren Ausbruch gegeben haben,
darauf deuten viele Zeichen hin. Er ist schließlich
sechshundert Meter hoch. Das ist jedoch sehr lange
her. Der jetzige Lavaerguss ist definitiv ungefährlich.
Der Strom fließt nach Westen ab und wird, wenn er
noch länger anhält, ins Meer münden. Dann wird die
Insel halt noch ein bisschen größer. Wie ich beim
Überflug gesehen habe ist der Krater immer noch
randvoll mit Lava gefüllt. Du bist ja selbst oben gewesen. Wie du sicher gesehen hast gibt es an der Ostseite
einen sehr schmalen Grat. Man muss sehr aufpassen
wenn man dort geht um den Krater zu umrunden. Es
ist sehr steil nach beiden Seiten. Das ist nun aber auch
die niedrigste Stelle des Kraterrandes, nach dem

jetzigen Abfluss. Dem gilt meine Aufmerksamkeit und meine Sorge. Wenn die Lava dort überläuft und der Grat einbricht, ist das Dorf absolut gefährdet. Dann müssen wir es evakuieren. Wenn es dann nicht schon zu spät ist. Ich habe nachher eine Besprechung mit dem zuständigen Ministerium. Wir wollen über eventuelle Operationen beraten. Komm doch einfach mit. Ein Augenzeuge ist sicherlich willkommen".

„So wie ich im Augenblick aussehe, ist das bestimmt nicht ministeriumlike,"antwortete ich.

„Das ist prima, gibt dem Ganzen einen sehr authentischen und glaubwürdigen Look. Ich regele das schon."

Damit war es für ihn beschlossene Sache, während ich noch darüber nachdachte. Vielleicht wäre meine Aussage tatsächlich hilfreich, auf jeden Fall bekäme ich dabei Informationen, die ich später verwenden könnte.

„Joshua hat mir etwas zugeflüstert als er auf dem Transport einen Augenblick wach war. Er sagte mir, er hätte den Ausbruch vorhergesehen. Er hätte jemanden gewarnt, aber man hätte nicht auf ihn gehört. Das ganze Dorf würde sich der Vulkan holen, man müsse es umgehend räumen. Was hältst du davon, Joshi?"

„Die Leute hier denken oftmals anders als wir. Reden von Geistern die im Vulkan hausen. Ich kenne natürlich alle diese Geschichten. Als Wissenschaftler darf ich daran selbstverständlich nicht glauben. Da braucht man Fakten."

Dann erzählte ich ihm, was mir der Bruder des verunglückten Tilap erzählt, ja man kann fast sagen gebeichtet hatte.

„Was hältst du davon? Ist so etwas möglich? Kann man einen Vulkan so reizen?"

„Ich kenne den Artikel, von dem die Jungs erzählt haben. Man hat in Indonesien tatsächlich solche Experimente gemacht, allerdings unter anderen Voraussetzungen und mit viel kleineren Vulkanen. Hier halte ich das für nicht möglich. Da bräuchte man riesige Massen Chemie um etwas zu bewirken. Aber wer weiß das schon genau."

Nach der Landung trug man Joshua in den herangefahrenen Krankenwagen.

„Es ist alles bestens organisiert," sagten die Sanitäter bevor sie losfuhren.

Ein junger Mann in Hotellivree trat auf mich zu: „Mister I welcome you in the -Palm Beach Ressort-."

Wieso das? Ich hatte nicht gebucht und den teuersten Laden im Ort konnte ich mir ohnehin nicht leisten.

„Das ist eine Order vom Büro des Häuptlings Joshua", sagte der Page.

„Geht alles auf deren Konto."

Na denn, warum nicht, und eine ordentliche Dusche konnte ich ohnehin gebrauchen. In meinem Baumhaus bestand sie ja nur aus einem Wassereimer mit Löchern.

„Dann weiß ich ja wo ich dich finden kann," lachte Joshi.

„ich rufe später an."

Das Hotel war wirklich traumhaft. War die Familie so begütert, dass sie mir das alles bezahlte? Ich nutzte die Annehmlichkeiten des Bades ausgiebig, suchte mir aus meinem beschränkten Kleiderfundus die besten Sachen heraus und gab den Rest in die hoteleigenen Wäscherei. So war ich zumindest einigermaßen vorzeigbar.

Kurz darauf rief Joshi an.

„Die Herrschaften sind einverstanden. Ich schick dir gleich einen Wagen vorbei."

Dass mich ein Regierungswagen abholte, ließ ein etwas ratloses Hotelpersonal zurück.

Joshi erwartete mich vor dem Ministerium:

„Die Herrschaften diskutieren lebhaft. Evakuieren oder nicht. Ich parke dich erst mal in der Lobby. Ob sie dich noch hören wollen weiß ich noch nicht."

In den bequemen Sesseln der Lobby ließ es sich aushalten, zumal auch noch eine ausgesprochen hübsche Bedienung nach meinen Wünschen fragte. Nun, meinen spontanen Wunsch bei ihrem Anblick behielt ich für mich und orderte statt dessen einen Gin Tonic. Hatte ich seit ewigen Zeiten nicht mehr getrunken. Sie nickte charmant und brachte nach kurzer Zeit meinen Drink. Ansonsten war es sehr leise in dem großen Raum und mit der Zeit langweilig. Man brauchte mich anscheinend nicht.

Endlich ging die Tür des Sitzungssaales auf und Joshi kam in Begleitung eines eleganten Herrn auf mich zu. Dieser streckte die Hand aus.

„Freut mich Sie zu sehen, ich bin der Innenminister. Und Sie sind der Held, der unseren verehrten Joshua den Klauen des Drachen entrissen hat," lachte er.

„Nein, Spaß beiseite, war schon eine tolle Leistung. Auf Ihren Vortrag über die authentischen Beobachtung des Ausbruchs mussten wir aus Zeitgründen leider verzichten."

Er setzte sich zu mir.

„Gefällt Ihnen unser Land?" fragte er.

„Ich habe gehört Sie wollen uns schon in den nächsten Tagen wieder verlassen."

„Von wollen kann eigentlich keine Rede sein," antwortete ich,

„ich würde gerne noch bleiben, fühle mich hier ausgesprochen wohl. Aber mein Visum läuft in Kürze ab. Die Rückflüge sind gebucht und irgendwann ist natürlich auch mein Budget am Ende."

„Das mit dem Visum ist kein Problem, erledigt mein Sekretär für Sie, ebenso die Stornierung oder Umbuchung der Tickets. Alles wie gesagt, kein Problem und vielleicht finden wir ja auch noch einen Job für Sie. Ich höre Sie sind Journalist. Werbung könne wir immer gebrauchen. Der Tourismus steckt bei uns noch in den Kinderschuhen.

Daraufhin stand er auf und reichte mir nochmal die Hand.

„Weiterhin schöne Tage bei uns. Mein Sekretär wird sich bei Ihnen melden."

Dann verschwand er zusammen mit den hinter ihm wartenden Mitarbeitern.

„Toll," sagte Joshi und schlug mir auf die Schulter.

„Besser hätte es ja gar nicht laufen können. Hatte mir so etwas erhofft."

„Dieser Kontakt war von vornherein deine Absicht?" fragte ich .

„Ja so ähnlich, ich wollte das ihr euch kennen lernt. Der Typ ist ganz in Ordnung, im Gegensatz zu vielen seiner Ministerkollegen."

„Was ist denn nun aus der Beratung herausgekommen?" fragte ich nach.

„Also vorerst keine Evakuierung aber alles in Alarmzustand. Damit man sofort reagieren kann wenn der Zustand gefährlich wird. Die Marine ist auch im Alarmzustand und könnte sofort auslaufen um die Leute des Dorfes zu transportieren. Diese werden jetzt aufgefordert ihre Habe transportfähig zusammen zu stellen und auch das Vieh zusammen zu treiben. Auch das muss im Falle eines Falles mit. Ist oftmals der wichtigste Besitz. Und es muss dann natürlich alles sehr schnell gehen."

„Ok, dann warten wir mal ab. Noch eine Frage. Man hat mich im Palm Beach Ressort untergebracht. Nicht ganz billig der Laden. Man sagte auf Rechnung von Joshua. Kann der sich das leisten?"

Joshi lachte.

„Er kann. So weit ich weiß gehört seiner Familie der Laden. Und nicht nur der.

So, ich hab zu tun, ich rufe dich an. sobald es neue Nachrichten gibt. Und viel Vergnügen in deinem Luxusladen. Übrigens," sagte er noch und blieb kurz stehen:

„dem Joshua geht es soweit ganz gut. Hat Glück gehabt oder," er stockte einen Augenblick und sagte dann leise:

„Der Geist wollte ihn verschonen."

Damit eilte er zum Ausgang und ich suchte nach dem Fahrer meines Wagens.

„Hotel?" fragte dieser.

Ich überlegte kurz,

„Nein, bitte zum Hospital, ich muss sehen, wie es Joshua geht."

Der Fahrer nickte. Er kannte die Story anscheinend auch schon.

An der Rezeption des Hospitals nannte ich meinen Wunsch.

„Sind Sie ein Verwandter?" fragte die Dame.

„Nein, aber ich bin ein Freund der Familie."

Sie stutzte, sah mich an und sagte dann:

„Ich rufe den behandelnden Arzt, der kann Ihnen weiterhelfen."

Ein junger Mann im weißen Kittel tauchte auf:

„Ich bin der behandelnde Arzt und Sie sind der Mann der unseren Häuptling gerettet hat. Hat sich hier schon herumgesprochen. Da kann ich natürlich Auskunft geben. Joshua hat ziemliches Glück gehabt. Sein Schädel ist nicht gebrochen, allerdings hat er eine sehr heftige Gehirnerschütterung erlitten. Durch die doch sehr lange Wartezeit bis er ins Krankenhaus kam, hatte sich sehr viel Flüssigkeit im Gehirn gebildet, die wir absaugen mussten. Das hat auch die zeitweise

Bewusstlosigkeit bewirkt. Nun, jetzt scheint es wieder ok zu sein. Er ist schon wieder ganz munter, zu munter. Allerdings muss er unbedingt noch einige Zeit hier bleiben und strikte Bettruhe einhalten. Vielleicht können Sie ja auch etwas darauf hinwirken. Wenn Sie verstehen was ich meine."

„Das will ich gerne tun," sagte ich,

„aber das ist nicht so einfach. Haben Sie gut erkannt. Kann ich ihn besuchen?"

„Kein Problem, aber bitte nicht so lange. Im Übrigen hat er gerade Besuch."

Am Ende des langen Ganges öffnete er eine Tür und hieß mich eintreten. Joshua lag mit bandagiertem Kopf im Bett und auf der Bettkante saß eine junge Frau, die aufstand als sie mich sah. Eine traumhaft schöne junge Frau. Ich schaute sie wohl etwas zu lange an denn Joshua sagte:

„Das ist meine Tochter Jola. Sie gefällt dir anscheinend. Sie ist auch noch zu haben."

Dabei lachte er vor sich hin. Jola zog sich schimpfend zurück:

„Hör auf Dad, ich mag nicht wenn du mich so anpreist."

Und zu mir sagte Joshua:

„Komm her mein Freund, lass dich umarmen. Ohne dich läge ich wohl dort oben auf dem Lavafeld und die Geier vergnügten sich an mir."

„Geht dir anscheinend schon ganz gut wieder, oder?"

„Ja, bin ok, könnte gleich aufstehen und wieder in mein Dorf gehen. Aber man lässt mich nicht."

„Gut so, die meisten Probleme entstehen wenn die Patienten zu ungeduldig sind. Dann kann es erhebliche Folgen haben."

„Ok, ok, ich sehe der Arzt hat mit dir gesprochen. Ihr steckt doch alle unter einer Decke. Aber wahrscheinlich hat er sogar Recht. Nun erzähle doch mal wie es auf meiner Insel aussieht. Hier bekomme ich keinerlei Auskünfte."

Ich berichtete ihm, was Joshi mir gesagt hatte, auch dass man eine Evakuierung der gesamten Insel vorbereiten würde um im Notfall schnell handeln zu können. Joshua schwieg eine ganze Weile. Dann sagte er leise:

„Der Geist will uns eine Lehre erteilen. Will uns sagen, dass wir ihm mit mehr Respekt begegnen müssen. Ich denke, nein ich bin mir sicher, der größte Ausbruch steht noch bevor. Ich hoffe, dass meine Frau die richtigen Entscheidungen trifft. Ich werde morgen mit ihr telefonieren."

Ich verabschiedete mich nach kurzer Zeit, so wie es der Arzt geraten hatte. Konnte mir allerdings einen langen Blick auf die schöne Häuptlingstochter nicht verkneifen.

Ich genoss die Tage im Ressort in vollen Zügen. Der Sekretär des Innenministers meldete sich, holte meinen Pass und meine Flugunterlagen ab und brachte sie mir wenig später wieder zurück.

„Alles geregelt," sagte er,

„Das Visum ist um drei Monate verlängert und die Flüge sind kostenfrei storniert. Wenn Sie wieder abreisen wollen, lassen Sie mich die Buchungen machen, ist günstiger. Ich werde Ihnen noch einen Mitarbeiter der Tourismusbehörde benennen. Da können wir dann mal ausloten, in wie weit man für Sie Verwendung hat."

Vier Tage später saß ich nach dem Dinner auf der Terrasse meines Appartements, hatte mich aus der Minibar bedient und schaute über den Palmenhain auf das dahinter liegende Meer. Der halbe Mond warf ein schwaches Licht auf die Landschaft. Danach wollte ich meine Reisenotizen vervollständigen, was ich in der letzten Zeit vernachlässigt hatte. Aber dazu kam es nicht. Plötzlich ein heller Lichtschein über dem Wasser, wenig später noch ein zweiter. Genau im Süden. Und dort lag? Klar, Sokutra Island mit seinem Vulkan. Die Insel war nicht zu sehen, lag unter dem Horizont aber die Richtung stimmte. Einige Sekunden später spürte ich ein schwaches Schwanken im Boden, im Bad fiel etwas auf den Boden. Und noch etwas später ein zweimaliges dumpfes Grollen.
Ein heftiger Ausbruch des Mt. Takato, zweifellos.
Ich griff zum Telefon, wollte Joshi Hamura anrufen. Aber jetzt mitten in der Nacht? Ich legte den Hörer wieder weg. Sollte ich? Ich sollte, dies war ein Notfall. Ich erreichte ihn über sein Mobile.
„Der Vulkan ist ausgebrochen," rief ich aufgeregt.
„Ich hab es deutlich gesehen und auch gespürt."

„Ich weiß, ich bin schon unterwegs zum Institut,"
antwortete er.

„Meine Leute haben mich gerade angerufen. Ich werde morgen früh gleich rüber fliegen um zu schauen
was passiert ist. Für einen Journalisten habe ich auch
einen Platz frei. Morgen um sieben am Airport also.
Bis denn, bin in Eile."

Damit legte er auf.

Ich saß noch eine ganze Weile auf der Terrasse und
ließ mir das gerade Gesehene durch den Kopf gehen.
Hatte Joshua wieder mal recht gehabt? Stand ein
großer Ausbruch bevor oder war schon in Gange? Eines wurde mir immer klarer, Joshua wusste etwas von
dem er bisher niemandem was erzählt hatte. Etwas
von dem er ahnte, dass ein Fremder es nicht verstehen
würde.

Dann packte ich die Sachen zusammen die ich
morgen brauchen würde, speziell die Fotoausrüstung.
Es würde sicher ein spannender Tag werden.

Es war noch dämmrig, als ich am Airport ankam. Die
kleine Maschine war schon aus dem Hangar gezogen
worden und man machte sie startklar. Wir waren zu
sechst. Joshi hatte noch zwei Mitarbeiter dabei, dann
ich und zwei Piloten.

„Kann etwas bumpy werden," sagte Joshi als er mich
begrüßte,

„aber du bist ja flugerfahren."

Wir waren kaum in der Luft als wir den Rauchpilz
über dem Meer sahen, weit früher als die Insel selbst.

Joshi drehte sich zu mir um:

„Ich habe gestern noch mit jemanden auf der Insel telefoniert. Er regnet jetzt Asche. Das heißt für mich, die Lava muss abgeflossen sein und durch die Druckminderung hat es eine Explosion gegeben. Im Dorf ist bisher von Lava nichts zu sehen. Man bereitet sich darauf vor die Insel zu verlassen. In Kürze werden wir sehen was passiert ist. Wir werden mehrere Überflüge machen aber nicht landen. Mach reichlich Fotos."

Ich nickte nur stumm. So ganz wohl war mir nicht. Wir flogen auf eine Aschewolke zu die wohl bis weit in die Atmosphäre reichte. In ihren Ausmaßen deckte sie die ganze Windschutzscheibe ab. Zudem zuckten teilweise Blitze im Inneren auf. Wir hatten Westwind, so wurde die Wolke nach Osten abgedrängt.

Die Piloten flogen auf die Wolke zu bis sich die ersten Aschepartikel auf der Windschutzscheibe zeigten, dann drehten sie ab. Der Kraterrand war klar zu sehen, jedoch keine Spur von Lava im Inneren. Der schmale Grat am Ostrand war immer noch da aber der erste Lavastrom, der den ich beobachtet hatte, der war stärker geworden. Er floss weg vom Dorf und bewegte sich langsam auf den Flugplatz zu. Hier hatte sich der Krater entleert bevor es zu einer Explosion kam.Wir drehten ab und flogen über das Dorf. Es war alles grau und aschebedeckt. Kein grünes Blatt war zu sehen. Eine Evakuierung war unausweichlich.

Joshi griff zum Telefon, drehte sich zu mir um:

„Ich gebe jetzt meine Empfehlung ab, die Insel sofort zu räumen. Die Entscheidung dazu muss der Minister treffen. Aber er wird auf mich hören."

Ich machte Foto um Foto, nahm den Finger kaum vom Auslöser. Machte auch einige Videos.

Gut, dass meine beiden Speicherkarten für mehr als 2000 Fotos reichten. Die anderen Aufnahmen hatte ich gestern noch gelöscht und vorher auf meinem Laptop gespeichert.

Im Terminal sichtete ich mit Joshi die Aufnahmen und kopierten alles was er gebrauchen konnte auf einen Speicherchip.

„Ich nehme die Fotos mit ins Ministerium," sagte er.

„Die Eigentumsrechte bleiben natürlich bei dir. Du hast sie schließlich gemacht. Das Finanzielle regeln wir später mit der Finanzverwaltung. Da helfe ich dir."

Mir war es recht, sehr recht sogar wenn ich an meine Reisekasse dachte. Zurück im Ressort hatte ich reichlich Arbeit, Wenn ich meine Erlebnisse vermarkten wollte, brauchte ich einwandfreie und ausführliche Aufzeichnungen.

Während der ganzen Zeit ging mir Joshua nicht aus dem Sinn. Was wusste er oder besser, was meinte er zu wissen. Er hatte mir von den Geistern der Ahnen erzählt, von dem Geist der vor langer Zeit aus dem Vulkan gestiegen sei. Im Grunde wohnten Geister überall, so glaubte er. Geister, die man respektieren und denen man huldigen musste, um Schlimmes zu verhindern, beziehungsweise es wieder zum Guten zu wenden. Ich hatte es bisher nur für Geschichten gehalten, die er mir, dem Fremden, zur Unterhaltung erzählte. Es musste mehr dahinter stecken. Ich würde ihn möglichst schnell wieder im Krankenhaus besuchen.

Die Evakuierung lief planmäßig und geordnet ab. Die Marine hatte zwei Landungsboote geschickt, die am Strand anlanden konnten und da war es kein großes Problem, das ganze Vieh auf die Boote zu treiben. Die Bewohner hatte ihre Habe auf Karren gepackt und rollten ebenfalls nahezu problemlos an Bord. Am Abend gab die Verwaltung bekannt, dass die Aktion erfolgreich abgeschlossen war und nur noch die beiden Bediensteten des Landeplatzes auf der Insel wären. Die sollten morgen per Flugzeug abgeholt werden. Die Vulkanologen wollten sich ohnehin einen Überblick verschaffen.

Für die Dorfbewohner waren Unterkünfte bereit gestellt worden und man richtete sich ein, so gut es halt ging. Die Hoffnung war möglichst bald wieder zurück kehren zu können. Im Augenblick sah es allerdings nicht danach aus.

Joshi rief an:

„Wir brauchen dich morgen für eine neue Dokumentation. Ich denke, du hast Zeit dafür. Dann also gegen 10 am Airport."

Ok, warum nicht. Wenig später klingelte mein Telefon erneut. Es war Joshua.

„Ich habe da ein Problem," begann er,

„und dafür brauche ich deine Hilfe. Ich habe gehört,

dass du morgen mit den Vulkanologen zur Insel fliegst."

„Ja," sagte ich,

„ ich will noch einige Fotos machen. Was ist denn dein Problem?"

„Ich habe versucht Loana, meine Frau, zu erreichen. Sie sollte hier in der Unterkunft sein. Aber dort ist sie nicht. Auf der Insel ist alles tot, da gibt es kein Telefon mehr. Nur wo ist Loana? Niemand hat sie gesehen. Unsere Habe haben unsere Leute auf die Schiffe gebracht, das hat alles gut funktioniert, aber niemand hat Loana gesehen.

Deshalb meine Bitte, wenn du dort bist. hast du doch sicher Gelegenheit ins Dorf zu gehen oder zu fahren. Die Jeeps des Airports sind ja noch da. Vielleicht hilft dir noch jemand. Ich kann mir nur vorstellen, dass sie noch im Haus ist und sie dort einen Unfall hatte. Du bist meine letzte Hoffnung. Die Armee hat mein Ersuchen abgelehnt."

Er klang sehr hilflos und besorgt.

„Sicher mein Freund," antwortete ich,

„ich werde alles tun, was möglich ist. Dein Haus kenne ich ja, werde es schon finden und ich denke so viel Zeit werden wir wohl haben."

So eine kleine Expedition in das alte Dorf wäre sicher kein Problem, dachte ich. Da sollte ich mich allerdings mächtig irren. Ich unterrichtete Joshi, als wir am Airport zusammen kamen.

„Ich denke das wird gehen," sagte er,

„ein Jeep ist noch da und einer der Leute kann dich

fahren, da geht's schneller."

Als wir der Insel näher kamen sahen wir das die Aktivitäten des Mt. Takato nachgelassen hatten. Der riesige Rauchpilz war verschwunden, zum Glück hatte er sich aufgelöst und war nicht in sich zusammen gefallen, was die berüchtigten pyroklastischen Ströme ausgelöst hätte. Dann hätte im Dorf wohl keiner überlebt. Richtung Dorf regnete es anscheinend noch Asche, das Flugfeld war jedoch absolut frei. Doch wir sahen beim Überflug, dass sich der schwarze Lavastrom der Landebahn schon bedrohlich genähert hatte. Man konnte keine Bewegung erkennen aber in der schwarzen Masse leuchteten orangene Stellen auf, was auf flüssige Lava hin hindeutete.

Der Pilot flog seitlich auf die Bahn zu. Um der Hitze des Lavafeldes auszuweichen, nahm er nicht den normalen Anflugweg. Er stoppte vor dem Abfertigungsgebäude und die beiden verbliebenen Leute kamen sogleich heraus. Sichtlich froh, uns zu sehen.

„Wir müssen uns beeilen," sagte der Pilot als er die Motoren abstellte. Und mit Blick auf die Lavawand:

„Die kommt schon bedrohlich nahe und wir brauchen die Anlaufstrecke."

Ich erklärte ihm, dass ich ins Dorf müsste um nach der vermissten Loana zu suchen.

„Noch mal, beeilt euch. Siehst du da hinten das kleine Häuschen im Anflug? Das ist der Gleitsender. Wenn die Lava den erreicht und zermalmt hat fliege ich spätestens los. Ob ihr da seid oder nicht. Verstanden?"

Ich nickte.

„Der hier fährt dich, er heiß Bonga."

sagte Joshi und zeige auf einen jungen Mann. Dann rannten wir los und sprangen in den alten Jeep.

„Kennst du das Haus vom Häuptling?"

fragte ich. Er nickte.

Je näher wir dem Dorf kamen desto dicker wurde die Ascheschicht und es fing auch an Asche zu regnen. Nach kurzer Zeit war der Weg nicht mehr zu erkennen. Nur an Hand der Strommasten war eine Orientierung überhaupt noch möglich. Joshuas Haus war unverkennbar durch sein hohes spitzes Dach. Wir fanden es sofort. Viel Ähnlichkeit mit dem alten Zustand hatte es allerdings nicht mehr. Alles grau und mit eine dicken Schicht verhüllt. Es war eine gespenstische Ruhe als wir dem Motor abstellten. Die Ascheschicht verschlucke jeden Ton. Wir tasteten uns zur Eingangstür, konnten sie aber nicht finden. An der Hauswand entlang landeten wir auf den Hof, beziehungsweise auf dem was mal ein traumhaft schöner Hof gewesen war. Alles war leer, Pflanzen und Bäume ohne Blätter. Wir riefen nach Loana, immer wieder. Uns war bewusst, dass auch unsere Stimmen von der Asche verschluckt wurden. Stück für Stück gingen wir die Stallungen ab.

„Still!"

„War da nicht ein Laut?"

Wir riefen beide wieder. Unverkennbar da war eine Antwort. Langsam tasteten wir uns an die Stimme heran. Und plötzlich, hinter einer Stalltür sahen wir eine Gestalt auf dem Boden liegen und eine zweite ein kurzes Stück dahinter. Loana hob den Kopf:

„Ich hatte nicht mehr damit gerechnet hier noch weg zu kommen:" flüsterte sie.

„Bin so froh euch zu sehen. Da hinten liegt noch mein Gehilfe. Er hat mich hierher gebracht. Ich hab mir vermutlich mein Bein gebrochen, kann nicht mehr laufen. Telefon ist auch tot. Alles ist tot hier in unserem Dorf. Ich hab ihm gesagt er soll abhauen, aber er wollte nicht."

Wir überlegten, was zu tun war. Der Bedienstete konnte nach kurzer Hilfe wieder etwas laufen, würde den Weg zum Jeep aus eigener Kraft schaffen. Bei Loana war es schwieriger. Wir hatten keinerlei Verbandszeug, konnten das Bein nicht schienen. Nach dem Medizinschrank im Haus zu suchen hätte zu lange gedauert. So entschloss ich mich ihre Beine zusammen zu binden um Loana dann gemeinsam zum Jeep tragen zu können. Seile gab es hier genug.

„Wird sehr weh tun," sagte ich

„aber denke dran, wenn es weh tut lebst du noch."

Sie lächelte schwach und biss die Zähne zusammen, als wir sie dann anhoben. Der Bedienstete hatte schon den Weg nach draußen gefunden und saß im Jeep. Völlig teilnahmslos.

Das Suchen hatte Zeit gekostet. Nun so schnell wie möglich zum Airport. Blos nicht verfahren oder den Motor abwürgen. Das wäre es dann gewesen. Kurz vor dem Terminalgebäude hörten wir den Flugzeugmotor.

„Gleich auf die Ladebahn," wies ich den Fahrer an.

Das Flugzeug begann gerade zu drehen als es uns sah. Stoppte und die Tür ging auf.

„Schnell, schnell," hörten wir.

Loana wurde eingeladen, dann die Frage:

„wie viel seid ihr?

„Wir sind vier", meine Antwort.

„Tut mir leid, „sagte der Pilot,

„zwei Personen kann ich noch mitnehmen, dann bin ich voll. Ok, im Notfall gehen auch drei aber vier auf keinen Fall. Einer muss hierbleiben. Ich blickte auf die Lavawand und dann fragend auf den Piloten.

„Tut mir leid aber mehr geht nicht, sonst kommen wir nicht hoch. Ich weiß was das bedeutet. Aber besser einer als alle. Wer opfert sich?"

Stille, bis auf das Geräusch der im Leerlauf drehenden Motoren.

„Moment," sagte ich,

„wir haben doch ein Rettungsfloß an Bord?"

„Klar, haben wir."

„Dann schmeiß das raus, macht uns leichter und einer oder zwei können das Boot ans Ufer tragen und aufs Meer hinaus paddeln. Dort wird die Marine sie dann auffischen."

„Ok," sagte der Pilot.

„gute Idee. Ist zwar gegen die Vorschriften, kann ich aber verantworten unter diesen Umständen. Rechts hinten ist eine Klappe, da ist es drin. Wer bleibt hier?"

Ein Mitarbeiter des Airfields meldete sich.

„Ich bleibe mit meinem Kollegen hier."

Schon sprang er heraus, öffnete die Seitenklappe und

beide machten sich mit dem Rettungsfloß auf den Weg zum Ufer.

Unser Pilot ließ die Maschine auf die Lavawand zu rollen. Ich saß neben ihm. Weiter und weiter rollte er. Es wurde warm, es wurde heiß.

„Wir brauchen die Startstrecke," sagte er entschuldigend und zucke mit den Schultern.

Erst kurz vor der Wand, wir konnten die Lava fast anfassen drehte er in Richtung der Startbahn und gab noch in der Drehung Vollgas. Die Maschine schlingerte, kam aber doch in die richtige Richtung und beschleunigte. Kurz vor dem Ende der Bahn hob der Pilot mit einem Seufzer der Erleichterung ab.

„War echt knapp," murmelte er, mehr zu sich selbst. Dann trimmte er die Maschine auf Steigflug und lehnte sich zurück. Jedoch nur kurz.

„Ich denke wir sollten noch mal schauen ob es die Jungs geschafft haben."

Legte das Flugzeug auf die Seite und drehte noch eine Runde. Der Mt. Takato kam wieder in Sicht. Er hatte gerade eine Glutwolke in den Himmel geblasen. Sie prasselte auf die graue Aschenlandschaft. Die Lavawand hatte sich bis zur Mitte der Rollbahn vor geschoben. Wir waren wirklich in der letzten Sekunde gestartet. Noch etwas weiter konnten wir den Uferstreifen neben dem Flugplatz sehen. Die beiden Mitarbeiter hatten das Gummifloß zu Wasser gebracht und aufgeblasen bez. es automatisch aufblasen lassen und waren gerade dabei hinein zu steigen.

„Prima," sagte der Pilot,

„dann ist ja alles ok."

Er drehte an einigen Knöpfen und dann war da ein lautes und vernehmliches Morsesignal zu hören.

„Der Peilsender des Rettungsfloßes. Dann wird unsere Marine sie schnell finden. Ich gebe denen gleich mal Bescheid."

Er schaltete auf eine andere Frequenz und sprach einige Sätze.

„So, die wissen Bescheid. In ein paar Stunden wird man die Jungs an Bord nehmen. War echt mutig von denen."

Eine weitere Glutwolke stieg aus dem Krater.

„Los weg hier,"

sagte er noch, dann krachte es. Einige Lavabrocken trafen den Rumpf der Maschine und einer die Windschutzscheibe auf der linken Seite, da wo der Pilot saß. Es splitterte, die Scheibe wurde undurchsichtig, blieb aber heil. Der Pilot griff sich an die Stirn und sackte vorn über. Sofort senkte die Maschine die Nase nach unten und nahm Fahrt auf. Die Passagiere schrien auf. Mit einen schnellen Seitenblick sah ich, dass der Pilot ein blutüberströmtes Gesicht hatte. Ich griff an die Steuersäule und zog das Flugzeug langsam wieder hoch.

„Ich bin verletzt, kann nicht mehr sehen," rief er.

„Ich hab die Maschine im Griff," rief ich,

„kann sich mal jemand um den Piloten kümmern, dafür habe ich jetzt keine Zeit."

Und zu dem Piloten:

„Keine Aufregung. Ich bin früher mal selbst geflogen.

Ist zwar schon lange her aber etwas Ahnung habe ich noch. Von Zweimots allerdings nicht. So lange du mir noch Fragen beantworten kannst und mir Anweisungen gibst, ist alles auf der grünen Seite. Wo hat es dich getroffen?"

Er blutete ziemlich stark. Neben mir in der Seitentasche sah ich den Erste Hilfe Kasten. Ich zog ihn heraus und reichte ihn nach hinten.

Anscheinend hatten ihn Splitter der Scheibe an der Stirn oder an den Augen getroffen.

„Meine Augen sind total verklebt," sagte er.

„Vermutlich von Blut. Ich kann die Augen aber bewegen. Hoffentlich sind die nicht verletzt."

„Ok, dann entspanne dich."

Man hatte ihm einen Verband angelegt und dabei auch die Augen verdeckt.

„So, wir sind jetzt auf viertausend," sagte ich,

„wie hoch wollen wir?"

„Geh mal auf acht, das reicht. Die Frequenz ist auf unseren Heimatflugplatz eingestellt. Melde dich dort und rufe Mayday aus."

Das DME zeigte mir sechzig Meilen bis zum Platz. Bei Achttausend nahm ich etwas Gas weg damit wir auf dieser Höhe blieben.

„Soll ich die Propeller auf Reisegeschwindigkeit verstellen? Davon habe ich allerdings keine Ahnung."

„Nein, lass alles so wie es ist. Ist zwar unwirtschaftlich, aber das dürfte im Augenblick egal sein. Für die Motoren ist es auch nicht sonderlich gut, aber die Strecke bis zum Airport werden sie schon durchhalten.Wir haben noch eine halbe Stunde bis zum Platz, da hast du Zeit, dich mit der Maschine vertraut zu machen. Lies mir mal die Anzeigen vor."

Ich machte die gewünschten Angaben. Er nickte .

„Gut so. Die Achttausend stelle bitte auf dem Autopiloten ein."

Dann rief ich den Flugplatz an.

„Mayday, Mayday, Mayday. Hier ist die Romeo Alpha sechsechdrei. Könnt ihr mich verstehen?"

„Was ist los mir euch?,"

kam augenblicklich die sehr unprofessionelle Antwort. Klar, man kannte sich und war geschockt. Insofern durchaus verständlich. Ich erklärte die Situation und bat um einen Piloten am Flugplatz der mir beim Anflug helfen könnte. Ich war mir natürlich auch nicht sicher ob unser verletzter Pilot durchhalten würde. Man versprach alles zu regeln und kurze Zeit später meldete sich ein Kollege:

„Hallo, ich bin George, hab eure Maschine häufig geflogen, kenne mich ganz gut mit ihr aus. Wir kriegen das schon hin. Was ist mit meinem Kollegen? Ist er schwer verletzt?"

„Kann ich nicht sagen, auf jeden Fall kann er nicht sehen. Ist aber bei Bewusstsein."

„Ok, da kann er ja zumindest Ratschläge geben. Gut, nun zu dir. Was hast du für Flugerfahrungen?"

„Hab mal eine C172 gehabt, ist aber schon länger her. Aber nur VFR, kein IFA und Zweimot schon gar nicht."

„Kein Problem, die Grundlagen kennst du, weißt

warum ein Flugzeug fliegt und was man nicht machen sollte. Den Rest klären wir so Zug um Zug. Nun lies mir mal die wesentlichen Daten vor."

Ich tat was er wünschte und er war wohl ganz zufrieden mit den Werten.

„Du fliegst jetzt mit Autopilot?"

„Ja, eingestellt auf euer DME."

„Gut. Also erst mal grundsätzlich, du kannst einen Strait Approach machen, Wind ist schwach und auf der Bahn. Ich hab dich auf dem Radar. Nur die Höhen sind da ungenau, die musst du mir permanent ansagen, wenn ihr im Anflug seid. Ich nenne dann die zu fliegende Höhe und die zugehörige Geschwindigkeit. Und wann welche Flaps natürlich. Aber zuerst sollten wir mal die Ruderfunktionen überprüfen. Könnte ja sein, dass sie beschädigt wurden durch den Beschuss. Könnt ihr auf den Tragflächen was erkennen? Frag mal deine Paxes."

Ich fragte nach hinten, ob jemand Beschädigungen sehen könne. Aber alle verneinten, meinten aber einige Beulen zu erkennen. Die Lavabomben hatten wohl hauptsächlich den Rumpf und damit auch die Scheibe getroffen. Ich gab es durch.

„Ok, dann versuche mal vorsichtig die Ruder, erst Seitenruder, dann Querruder, dann Höhenruder.

Das wird wohl ok sein, da du die Maschine ja schon hochgezogen hast. Aber sagt deinen Leuten vorher Bescheid damit sie nicht in Panik kommen wenn es plötzlich schaukelt."

Ich probierte alles aus, erst sanft, dann etwas heftiger.

Die Maschine reagierte problemlos.

„Gut, ist schon die halbe Miete. Du kennst den Gashebel, du kennst die Flaphebel, du kennst die Reversstellung, den Fahrwerkshebel und natürlich auch die Fußbremsen. Ich habe eine Anzeige von 4o Meilen, was sagt das DME?"

„Auch 40, stimmt überein."

„So bei 20 gehst du auf 5000 runter. Die hältst du bis 10, dann sehen wir weiter. Nun gib mir doch mal meinen Kollegen."

Ich reichte die Kopfhörer rüber, wollte nicht über Lautsprecher alles mithören was sie besprachen.

Nach wenigen Sätzen gab der mir diese wieder zurück.

„Mein Kollege meint, du würdest einen ganz coolen Eindruck auf ihn machen und er hätte volles Vertrauen. Im Anflug lass ihn mithören, ist vielleicht besser," sagte George.

„Noch eine Frage," sagte ich,

für den Fall der Fälle, was muss ich beim Overshot machen? Hab zwar nicht die Absicht aber kann ja vielleicht nötig sein"

„Da hast du Recht," sagte George.

Er gab mit einige Anweisungen über Geschwindigkeit und Klappenstellungen. War aber nicht wesentlich. Wird schon schief gehen, dachte ich so. Irgendwie war ich tatsächlich nicht aufgeregt, fand es sogar spannend so eine Maschine zu fliegen. Hoffen wir, dass es auch gut ausgeht. Das war natürlich immer im Hinterkopf.

„Mein Radar zeigt mir zwanzig Meilen an," meldete sich George.

„Jetzt dreh auf dem Autopiloten mal 5000 ein."

Die Maschine senkte die Nase und ging in einen sanften Sinkflug, als ich es machte. Bei 5000 hob sie wieder die Nase an. Lief alles einwandfrei. Vor mir konnte ich die Hügel in der Nähe des Landeplatzes erkennen.

„Sind alle angeschnallt und auch die verletzte Person gesichert?" fragte George nach.

„Gurte schön stramm ziehen, Brillen abnehmen und kurz vor dem Aufsetzen gibst du Kommando für die Notfallsitzhaltung. Sicher ist sicher."

Bei zehn Meilen konnte ich den Platz klar erkennen. Genau voraus.

„Jetzt wird's Ernst," sagte George,

„nimm etwas Gas weg, solltest nicht schneller als 150 sein. Dann langsam auf 3000. Kannst du noch mit AP machen. Ab jetzt sage ich Höhe und Geschwindigkeit an und du bestätigst oder korrigierst."

Die Bahn kam schnell näher. Nun wurde es wirklich Ernst.

„Nimm den AP raus und setzte Klappen auf zehn. Geschwindigkeit sollte nicht mehr als einhundertzehn sein. Danach das Fahrwerk ausfahren. Denke dran, dass das stark abbremst"

Ich schaute nach links zum Klappenschalter, aber da war schon eine Hand, die sie auf die Position brachte. Blindflug fiel mir gleich an. Klar, mein Co kannte die Maschine blind. Auch den Fahrwerksschalter betätigte er.

„Jetzt hundert."

„Hundert sind ok. Gears are out and locked."

„Klappen zwanzig, Höhe zweitausend, Speed 9o Meilen."

„Alles sieht gut aus, keine Hektik, die Bahn ist lang genug."

Jetzt waren wir knapp einen Kilometer vor der Schwelle.

„Klappen dreißig, 80 Meilen. Lass sie schön langsam rein rutschen."

Unser Pilot legte die Hand auf den Gashebel.

„Ich mach Reverse auf Kommando," sagte er.

„Notfallposition einnehmen," rief ich nach hinten.

Das Flugzeug tat was es sollte. Ich brauchte wenig Steuerkorrekturen. Dann etwas die Nase anheben, so hatte ich es gelernt, Gas weg und schon hatten wir Bodenkontakt.

„Reverse," rief George und mein Co betätigte den Hebel. Nun in die Bremsen. Langsam kam die Maschine zum Stehen. Allgemeiner Jubel der Erleichterung an Bord.

„Request backtrack on runway and taxi to the apron", sagte ich übermütig. Alle Spannung war plötzlich weg.

„Approved", antwortete George nur trocken. Die Rettungswagen und die Feuerwehr fuhren voraus und leiteten mich zum Terminal. Nun Stop. Aber wie die Motoren ausschalten? Ich fragte meinen Co. Er wusste natürlich wie und schon wurde es still in der Maschine. Die Tür wurde aufgerissen und Loana als

Erste heraus und in den Rettungswagen getragen. Dann die anderen Passagiere. Nur mein Pilot und ich saßen noch eine Weile still und schauten vor uns hin. Ein Sanitäter fasste ihm schließlich unter die Arme um behilflich zu sein. Als er an mir vorbei ging legte er mir die Hand auf die Schulter und sagte:

„Danke."

Nur ein einfaches Wort, aber diesmal kam es wirklich von Herzen und ich genoss es zu hören. Ja, „danke" könnte ich jetzt auch sagen, wusste nur nicht zu wem.

Als ich nach einer ganzen Weile der Besinnung auch ausstieg sah ich, dass am Heck des Flugzeugs eine Menge Leute standen die stumm das Flugzeug anschauten. Ich stellte mich dazu und war auch stumm. Denn was ich sah war erschreckend. Das Seitenleitwerk und die rechte Flügelspitze waren völlig ohne Farbe und teilweise schwarz angekohlt. Dass wir so dicht an die glühende Lava herangerollt waren hatte ich nicht für möglich gehalten. Wir hatten eine Linkskurve gemacht, daher war die rechte Flügelspitze angekohlt. Kein Wunder, dass uns da drinnen warm geworden war. Ein Vorteil der älteren Maschinen ist, dass sie noch mit Seilzug gesteuert werden. Elektrische Steuerkabel hätten uns sicher ein Problem gemacht. Die Leute sahen mich fragend an.

„Da muss wohl mal ein bisschen nach gestrichen werden", sagte ich entschuldigend und begab mich in das Abfertigungsgebäude. Jemand kam mir entgegen und streckte die Hand aus. Es war George.

„Guter Job", sagte er,

„aber die Maschine ist ja auch leicht zu fliegen."

Er lachte dabei, somit war sein Satz auch nicht so ganz ernst zu nehmen. Auch Joshi traf ich wieder. Er hatte geholfen, Loana und den Piloten ins Krankenhaus zu bringen.

„Ich wusste gar nicht dass du fliegen kannst": sagte er.

„Ist schon lange her und dann auch nur kleine Maschinen. Dass ich Zweimots fliegen kann weiß ich auch erst seit kurzer Zeit, genau genommen seit einer knappen Stunde"

„Ich melde mich in den nächsten Tagen. Ach, die Fotos, die möchte ich noch haben."

Dann verschwand er in der Menge. Es waren viele Leute da, es wurden immer mehr und es wurde viel geredet. Letztlich fand ich jemanden der sich anbot mich in mein Hotel zu bringen. Die Ruhe in meinem Zimmer tat mir gut. Ich haute mich aufs Bett und starrte an die Decke. Erst jetzt wurde mir bewusst wie viel Glück wir gehabt hatten. Schon der Start hätte schief gehen können. Ein paar Sekunden später und die Startbahn wäre für uns zu kurz gewesen. Und dann die Lavabomben. Nur eine hatte uns letztlich ernsthaft getroffen, ein paar andere nur Beulen verursacht. Und meine Landung? Wenn ich dran denke wie die ersten Landungen bei meinem Pilotenschein waren, war mir diese Landung mit einer Zweimot sagenhaft gut gelungen. Hatte da vielleicht ein Geist mitgeholfen? Egal, ich beschloss die letzten Tage in diesem Lande zu genießen. Ich wollte mich von allem fernhalten was auch nur im Entferntesten mein Eingreifen erforderlich machen würde. Davon hatte ich erst mal genug.

Dass mit dem Genießen war aber nicht so einfach. Mittlerweile kannte mich jeder hier, sprach mich an und lud zum Drink ein. Hätte ich jede Einladung angenommen wäre der Tag um 10:00 Uhr früh für mich schon zu Ende gewesen. Alles nette Leute, zweifellos, aber es wurde sehr schnell zur Last. Deshalb nahm ich die Einladung von Joshi mit Begeisterung an.

„Ich muss übermorgen auf den Alamuro. Das ist ein Vulkan auf der Nachbarinsel. Ich muss dort die Instrumente überprüfen und auswechseln. Wenn du Lust hast kannst du mitkommen. Ich hab den Eindruck du musst hier mal weg. Das ist aber eine ziemlich anstrengende Tour. Wir fahren mit dem Boot rüber und dann brauchen wir sicher drei Tage insgesamt für rauf und runter. Wir haben Träger dabei, schleppen musst du also nichts. Oben werden wir übernachten. Schlafsack, Zelte, Verpflegung, Wasser, darum brauchst du dich nicht zu kümmern. Nur die Power, die Energie die musst du selber mitbringen. Wie du mir erzählt hast warst du auf Borneo ja schon auf über 4000 m Höhe. Dann wirst du diese 1643 Meter auch schaffen. Also wie wär's."

Ich überlegte nicht lange. Das war genau das was ich im Augenblick brauchte. Wir besprachen noch einige Einzelheiten und dann:

„Dann sehen wir uns übermorgen um 7:00 Uhr

morgens."

Im Weggehen zögerte er etwas und drehte sich um:
„Weißt du eigentlich, dass die beiden Mitarbeiter des
Flugplatzes, die in das Rettungsfloß gestiegen sind
weil das Flugzeug schon zu voll war, dass man die bis
heute noch nicht gefunden hat? Die Marine sucht seit
Tagen, aber hat noch keine Spur entdeckt. Auch das
Signal der Rettungsboje ist nicht auszumachen. Man
befürchtet das Schlimmste. In zwei Tagen wird man
die Rettungsaktion einstellen."

Ich war schockiert. Ich hatte nach unserer Landung
nichts weiter davon gehört und auch nicht weiter gefragt. War für mich selbstverständlich dass man sie in
zwei drei Stunden auffischen würde.

„Aber wir haben doch das Morsesignal der Rettungs-
insel im Flugzeug deutlich gehört. Verstehe ich nicht.
Außerdem fühle ich mich nun natürlich mit schuldig,
da es meine Idee war. Die können da doch nicht so
ohne weiteres spurlos verschwinden."

„Ja," sagte Joshi nachdenklich,

„vielleicht hat der Geist des Vulkans auch ihnen noch
eine handvoll Steine hinterher geworfen, genau wie
uns.

Geben wir die Hoffnung nicht auf. Noch könnten sie
leben."

Ich beschloss noch auf einen Drink an die Bar zu
gehen. Und wer saß dort? Der Herr Innenminister.

„Hallo, wie geht's? Immer noch hier? Sie können sich
von unserem schönen Land wohl nicht trennen", rief

er. Mit:

„Mein Name ist Jeremy,"

gab er mir die Hand. Auch ich stellte mich mit Vornamen vor, so wie es an der Bar üblich ist.

„Ich habe eher den Eindruck Sie brauchen mich hier," entgegnete ich.

„wohin ich auch komme muss ich Probleme lösen, wenngleich ich sagen muss ich bin hier sehr gerne."

„Ok, ich weiß worauf Sie anspielen. Ja, waren sicher aufregend für Sie die letzten Tage. Aber nicht nur für Sie. Wir hatten und haben alle Hände voll zu tun um unsere neuen Bürger hier einzugliedern. Deren Aufenthalt wird sicher länger dauern, wenn es denn überhaupt eine Rückkehrmöglichkeit gibt. Was wollen Sie trinken?"

„Gin Tonic?" sagte der Barkeeper ungefragt und sah mich an.

Ich nickte. Der Minister gab dem Barmann ein Zeichen, das ich so verstand, dass der Drink auf seine Kosten und damit auf Kosten des Staates ging.

Wir prosteten uns zu.

„Dieser Ausbruch," begann er,

„der hat auch unsere Planung völlig über den Haufen geworfen. Die können wir wohl auf die berühmte lange Bank schieben. Ach was, seien wir ehrlich und blicken den Tatsachen ins Gesicht, wir können sie in den Reißwolf stecken."

Er schwieg und nahm einen langen Zug aus seinem Glas. Für mich eine Gelegenheit, weiter nachzufragen.

„Sie hatten Pläne für Sokutra Island?"

„Ja, hatten wir. Da sie jetzt nicht mehr zu Ausführung kommen sind sie nicht mehr geheim und ich kann sie Ihnen auch verraten. Es waren sehr umfangreiche Pläne. Die waren noch nicht von allen Gremien genehmigt, es gab auch reichlich Einwände und die Bevölkerung war überhaupt noch nicht unterrichtet. Deren Reaktion war nicht vorhersehbar. Allerdings gab es einen Mann der von Anfang an entschieden dagegen war. Sie ahnen wer das sein könnte?"

Ich nickte:

„Ich glaube ich kenne ihn und seine Einstellung."

„Ein entschiedener Gegner unserer Pläne, ein harter und unbequemer Verhandler. Trotz allem, ich mag ihn. Er hat seine Grundsätze, er kämpft für seinen Stamm und sein Dorf und ich kann ihn auch verstehen. Aber ich muss es aus einem anderen Blickwinkel sehen. Ich bin für das gesamte Land verantwortlich und nicht nur für eine kleine Insel. Wir wollen den Tourismus fördern und zwar den der richtig Umsatz macht. Investoren für unsere Pläne gab es reichlich, ein Zeichen dafür, dass sie einträglich wären. Also, als Erstes war der Bau eines Airports mit einer Landebahn für Jets geplant. Denn die Ausrichtung ging dahin auf Tagestouristen zu setzen. Thema: Ankommen, Geld da lassen, abfliegen, fertig.

Dann eine Straße zum neuen Visitorcenter am Fuße des Vulkans. Dort eine Multimediashow über Vulkane allgemein und unseren ins Besondere Dann eine Show in 3D Format, in den Berg hinein gebaut mit Vulkanausbruch life. Feuer, Lärm, Bewegung.

Möglichst auch Hitze aber da war man sich noch nicht sicher, wie das zu realisieren wäre.

Danach mit den offenen Sightseeingbussen auf einer neuen Straße rauf zum Kraterrand. Dort Pause, so 20 Minuten, genügt allemal, für Fotos, Selfies natürlich, und dann wieder zum Informationszentrum zurück. Komplettes Programm, pauschal zu buchen. Natürlich waren auch einige Extras geplant. Das Dorf wäre dafür entsprechend aufgepeppt worden. Folkloreeinlage, Streetfood, Cavadrinking, Verkauf von heimischen Handarbeiten. Ich weiß zwar nicht was man dort bisher gemacht hat, ob es überhaupt eine Art Kunsthandwerk gab, spielt aber keine Rolle."

Er nahm einen neuen Schluck aus seinem Glas.

„Handarbeiten made in China?" fragte ich nach.

„Klar, wie sollen die Leute das sonst schaffen. Sollen nur möglichst die Etiketten vorher abmachen. Die alte Dame die bisher dort vorzüglichen Cava hergestellt hat, war wirklich einer der Besten, habe ich selbst getestet, die bleibt natürlich. Auch ihre Hütte. Nur die Herstellung und der Nachschub muss anders geregelt werden. Sie ist eigentlich nur noch da um die Authentizität zu dokumentieren und für Selfies zur Verfügung zu stehen. Unterkünfte waren eigentlich nicht geplant. Eventuell ein oder zwei Luxusressorts auf privater Basis. Der Airport mit CAT II und CAT III, denn Nachtabflüge müssten unbedingt möglich sein. Die Rentabilitätsberechnungen waren vielversprechend. Aber,"

er setzte seufzend sein Glas ab,

„kann jetzt alles in den Müll. Wie denken Sie darüber?"

Ich wusste nicht was ich sagen sollte. Ich fand die Pläne unmöglich, freute mich insgeheim über die Gegenreaktion des Vulkans. Andererseits brauchte ich den Innenminister noch für meine Pläne.

„Große Pläne, allerdings frage ich mich wie lange der Tourismusboom anhält. Im Augenblick läuft es, aber was ist in einigen Jahren? Im Hinblick auf Klimaerwärmung will man den Flugverkehr einschränken. Was ist wenn die geplanten Touristenmassen ausbleiben? Dann haben sie eine durchgestylte Vulkaninsel mit der keiner was anfangen kann, wo man Nichts mehr anbauen wird, wo im Grunde niemand leben will. Nehmen Sie das Geschehene als eine Denkpause. Auch für Pläne an anderen Orten Ihres Landes. Ich denke die Zukunft liegt im sanften Tourismus. Ich hätte da so einige Ideen, sollten wir gelegentlich mal drüber sprechen."

Es wurde noch ein ganz netter geselliger Abend, da sich noch andere Gäste zu uns setzten und wir das Thema wechselten. Später am Abend sagte der Minister noch zu mir:

„Wir geben demnächst ein großes Fest um unsere neuen Bürger zu begrüßen. Ich denke sie sind auch dabei. Ach was, ich bin hier der Innenminister, ich verfüge hiermit, dass Sie anwesend sein müssen und ich werde Sie bis dahin an der Ausreise hindern. Beschlossen und verkündet. Cheers."

Es waren wohl nicht nur alkoholfreie Drinks gewesen,

die er konsumiert hatte, genau wie ich auch.

Als ich am nächsten Tag wieder klar denken konnte ließ ich mir die Aussagen des Ministers durch den Kopf gehen. War hier der Grund für Joshuas Vorhersagen zu finden? Der Staat wollte den Vulkan vergewaltigen und Joshua wusste, dass das nicht gelingen würde. Der Vulkan würde sich wehren. Nur, wir leben im einundzwanzigsten Jahrhundert. Wer glaubt da noch an Geister und daran, dass diese in das Leben der Menschen eingreifen könnten? Fragen über Fragen die nur Joshua beantworten könnte, wenn er denn wollte.

Bei meinem nächsten Besuch im Krankenhaus ergab sich die Gelegenheit ihn alleine zu sprechen. Loana war in Behandlung und daher nicht anwesend. Nach dem üblichen belanglosen Geplauder erzählte ich ihm von meinem Treffen mit dem Minister und von dem was man für Sokutra Island geplant hatte.

„Stimmt das?" fragte ich ihn.

Nach einer langen Pause sagte er:

„Ja, genau so war es. Man wollte die Insel und den Vulkan zu einer Geldmaschine machen. Uns als Bevölkerung hat man nicht gefragt, wir wurden gleich mit verplant. War ja alles zu unserem Besten, sagte man. Ich wusste, dass das nicht geht, dass der Geist des Vulkans sich wehren würde."

„Woher weißt du das?", fragte ich.

„Das ist eine lange Geschichte, die reicht zu meinen Urahnen zurück. Das kann ich auch dir nicht alles erzählen, das ist geheim. Nur soviel: Damals hat einer meiner Vorfahren über einen Schamanen mit dem Geist kommuniziert. Dort hat man vereinbart, dass wir den Geist respektieren und verehren. Im Gegenzug wollte er uns verschonen. Wie wir alle wissen hat das bis vor kurzen auch sehr gut funktioniert. Wir haben in jedem Jahr ein Fest zu seinen Ehren gefeiert und ihm Gaben gebracht. Er hat dafür friedlich vor sich hin geschmaucht. Und alle waren zufrieden. Bei der Vorstellung der Planung für den Flugplatz, die Straßen, das Visitorcenter, habe ich zum ersten Mal gespürt, dass da jemand ist, dem das nicht gefällt. Frag nicht wie ich das gemerkt habe, das Gefühl war plötzlich da. Einen Schamanen, der so etwas klären könnte haben wir nicht mehr. Insofern war ich der eigentlich Verantwortliche. Als man mir die Planung erläuterte, hab ich sofort protestiert und dagegen geredet. Von Geistern habe ich natürlich nicht gesprochen, man hätte mich nur ausgelacht. Die Regierung war vom ganzen Projekt absolut überzeugt. Geldgeber fanden sich auch sehr schnell. Die rieben sich heimlich die Hände. Verantwortung für unsere Insel hatten sie ja nicht.

Dann war da noch die Idee der jungen Männer mit der Chemiebombe. Ich habe versucht sie davon abzubringen, aber, wie du weißt, hatte ich keinen Erfolg. Verbieten konnte ich es nicht. Den Rest kennst du. Wenn ich nicht die Vorzeichen gespürt hätte, da oben auf dem Kraterrand, dann wären wir auch mit draufgegangen. Es war wie ein Blitzschlag in meinem Gehirn. Macht, dass ihr so schnell wie möglich weg kommt, sagte es. Ich habe drauf gehört, die Anderen wollten nicht hören. Du warst ein Unbeteiligter, sogar ein unabhängiger Berichterstatter, deshalb ist dir nichts passiert. Ich habe jedoch noch eine heftige Warnung mit auf den Weg bekommen.

Der Geist hat gewonnen, die Planung ist hinfällig. Bis die Insel wieder bewohnbar wird, wird viel Zeit vergehen. Und die haben die Investoren nicht. Gut so."

Wieder eine lange nachdenkliche Pause. Dann sagte er fast beschwörend:

„Ich werde das Dorf wieder aufbauen. Notfalls alleine ohne staatliche Unterstützung. Meine Familie ist zu Glück wohlhabend so das wir nicht um Unterstützung betteln müssen."

Dann fasste er meine Hände und schaute mir eine lange Zeit ins Gesicht.

„Hilfst du mir dabei? Dir kann ich vertrauen."

„Wie soll das gehen, ich bin auch nur Tourist und werden in Kürze euer Land wieder verlassen. Ich will dich gerne unterstützen aber wie?"

Er packte meine Hände noch fester und sagte beschwörend:

„Wir sind dir auf ewig zu Dank verpflichtet, meine Frau und ich, trotzdem bitte ich dich mir zu helfen beim Aufbau unseres Dorfes. Du hast Ideen, du kannst mit der Verwaltung reden, du kannst PR machen für unsere Sache.

Du wirst doch beim Fest dabei sein, habe ich gehört?"

„Ja werde ich, der Minister hat mir ja sogar die Ausreise verboten, auch wenn man das gerichtlich wohl anfechten könnte bei seinem damaligen Alkoholpegel."

„Gut, sehr gut," sagte Joshua.

„Danach werden deine Fragen keine Fragen mehr sein."

Ich verließ ihn ratlos.

Als ich sein Zimmer verließ traf ich auf dem Flur Loana und ihr Tochter Jola. Die hatte ihre Mutter zu einer Untersuchung begleitet. Jola strahlte mich an, ich strahlte sie an. Ein tolles Weib, dachte ich spontan. Wenn ich einige Jahre jünger wäre würde ich jetzt sicher den Gockel spielen. Loana drückte mir die Hand:"

„ich hab mich noch gar nicht bei dir bedankt," sagte sie.

„Ist schon in Ordnung für nette Leute tue ich so was gerne," sagte ich.

Als ich am Morgen zur Anlegestelle kam war Joshi schon da. Er hatte noch einen Kollegen dabei, dann einen Führer und vier Leute für das Gepäck. Die Fahrt hinüber zur anderen Insel so am frühen Morgen war sehr entspannend. Ruhiges Wasser und eine frische Luft, sehr anders als die sonst so warme und feuchte Tropenluft. Dann umsteigen auf zwei Jeeps die uns an den Berg und noch ein gutes Stück hinauf brachten. Dann war allerdings auch diese Rumpelpiste zu Ende. Jetzt ausladen und das Gepäck auf die vier Träger verteilen. So hatte ich nur meinen kleinen Rucksack zu tragen. Die erste Stunde ging durch den Regenwald stetig bergauf. Unangenehm zu laufen. Feucht, matschig, rutschig und voller Fallstricke. Man hatte den Eindruck die Baumwurzeln wären lebendig und schlängelten sich immer dahin wo man gerade seinen Fuß hin setzen wollte. Es war fast dämmerig unter dem dichten Blätterdach. Und dann diese tropische feuchte Luft, das Hemd war nach fünf Minuten schon durchgeschwitzt. Der Führer ging voraus und hackte dann und wann die allzu störenden Ranken weg.

Dann wurde der Wald lichter, ging in Büsche über und in hohes Gras. Jetzt sahen wir ihn, unser Ziel, den Vulkan Alamuro. Eine grau-braune Masse die sich gleichförmig zu einem spitzen Kegel erhob. Wie hoch er war konnte man nicht abschätzen da keinerlei Elemente da waren, an denen sich das Auge orientieren konnte.

„Sind jetzt noch so gut drei Stunden," sagte unser Guide

„aber vorher machen wir noch eine Picknickpause."

Ein Weg war nicht zu erkennen, nur hier und da ein paar Farbkleckse. Und warm wurde uns sehr schnell. Die Sonne brannte vom wolkenlosen Himmel. Schatten war weit und breit nicht zu sehen, den musste man selbst mitbringen. Die Träger gingen voraus sie waren ohnehin schneller als wir. Und so kochte schon das Teewasser, als wir den Platz erreichten. Selbst bei diesen Temperaturen wirkte ein heißer Tee belebend. Nach einer weiteren Stunde Aufstieg erreichten wir unterhalb des Kraterrandes eine etwas flachere Stelle an der die Träger bereits begonnen hatten die Zelte aufzustellen.

„Lass deine Sachen hier," sagte Joshi,

„wir gehen noch mal ein kleines Stück höher, dann kannst du schon mal in den Krater hineinschauen. Sind nur fünfzig Meter. Der Krater war wesentlich größer als der des Takato, aber nicht so spektakulär. Kein kochender Lavasee war zu sehen nur einige dampfende Kegel.

„Denen gilt unsere Aufmerksamkeit,"sagte Joshi.

„Wenn die sich verändern, wenn sie sich aufwölben oder wenn sich die Zusammensetzung der Gase verändert, dann könnte ein Ausbruch bevorstehen. Da werden wir morgen hinabsteigen, die Geräte ablesen und austauschen. Jetzt wollen wir uns erst mal ausruhen."

Die Sonne stand schon ziemlich tief, die Träger hatten angefangen zu kochen und so machten wir es uns gemütlich. Wie immer wurde es schnell dunkel und, zu meiner Überraschung, merklich kühler. Die 1600 m Höhe machte sich bemerkbar. Nach dem Essen saßen wir noch eine Weile alle zusammen, sprachen über den morgigen Tag, dann verzogen sich der Guide und die Träger in ihre Zelte. Joshis Kollege James verabschiedet sich auch und zeigte auf seinen Laptop.

„Ich habe noch etwas zu arbeiten."

Das Lagerfeuer aus dem Holz, das die Träger am Rande des Urwalds gesammelt hatten brannte noch, Nachschub hatten wir auch. Außerdem hatten sie uns noch eine Kanne Tee bereit gestellt. Beste

Voraussetzung für eine entspannte Unterhaltung.

„Was hältst du denn von der momentanen Diskussion über den Klimawandel? Bei uns wird ja kaum noch über etwas Anderes gesprochen. Wenn man, so wie wir jetzt, einen Vulkanausbruch beobachtet hat, dann denkt man vielleicht etwas anders darüber als noch kurze Zeit vorher. Insbesondere wenn man uns erzählen will dass es auf der Erde merklich kühler wird wenn wir pro Woche ein Steak weniger essen," begann ich eine Diskussion.

„Kann die Menschheit überhaupt das Klima auf der Erde beeinflussen?"

„Also hier in diesem Land weiß kein Mensch von solchen Dingen. Die haben andere Sorgen." antwortet Joshi.

„In meiner Heimat Japan ist das Thema auch nicht sonderlich relevant. Hauptsächlich wird ja in Europa darüber diskutiert und in Deutschland insbesondere. Ich bin Geologe, genauer Vulkanologe. Mit Klimawandel habe ich mich beruflich noch nie beschäftigt, privat habe ich natürlich meine Meinung. Du hast recht, nach so einem Vulkanausbruch denkt man über manches anders. Obwohl dieser ja im Vergleich zu anderen ein klitzekleiner ist oder war. Ich war vor zwei Jahren auf dem Tambora, wenn dir das was sagt?"

„Klar, als ich vor einigen Jahren in Malaysia war traf ich auf eine Gruppe Wanderer die sich vorgenommen hatten alle Vulkane auf Java zu besteigen. Sie luden mich ein zu einer Tour auf den Tambora. Es hat mich sehr gereizt, ich habe lange drüber nachgedacht, mich intensiv mit dessen Historie beschäftigt, dann aber doch abgesagt. War mir zu heftig."

„War vermutlich eine richtige Entscheidung. Ist schon recht heftig. Aber der Tambora ist einfach gewaltig. Dagegen ist der auf dem wir sitzen ein Zwerg und über 1200 m niedriger. Allein dessen Kraterdurchmesser beträgt sieben Kilometer! In den hinabzusteigen haben wir schnell aufgegeben. Es ist extrem steil und gut 1000 m tiefer. Der Tambora ist jetzt etwa 2.850 Meter hoch. Vor dem großen Ausbruch 1815 betrug seine Höhe vermutlich 4.200 Meter. Wenn man das berücksichtigt und dann diesen riesigen Krater sieht, hat man eine Vorstellung davon, wie viel Materie in den Himmel geblasen wurde. Aber was ich sagen wollte: Der Ausbruch des Tambora hatte ja weltweite Folgen. Die direkten Opfer des Ausbruchs waren wohl 70.000 Menschen, die indirekten weitaus mehr. Es gab damals in Europa und auch in Nordamerika zwei Jahre, über die man sagte, die Sommer wären wie Winter gewesen. Die globale Temperatur fiel um 3 Grad. Die meisten Toten gab es weil die Leute verhungert sind da die Ernte auf den Feldern verfaulte. Es gab auch politische Probleme dadurch. Viele Leute wollten auswandern, aber wohin? In Amerika war es ja nicht viel besser. Und der Tambora war ja nicht der größte Ausbruch in geschichtlicher Zeit. Der Taupo auf Neuseeland oder der Illopango in Mittelamerika waren weit aus größer. Was dabei an Kohlenwasserstoffen und an Schwefelwasserstoff in die Luft geschleudert wurde, ist unbegreiflich. Und dass damit Vulkane einen Einfluss auf unser Klima haben, ist eindeutig."

Er legte etwas von dem gesammelten Holz auf das Feuer und wir hüllten uns in unseren Jacken.

„Dass wir einen langfristigen Temperaturanstieg auf der Erde haben wird ja auch nicht von allen Forschern bestätigt," fuhr er fort.

„Manche sagen, um das wissenschaftlich exakt zu beurteilen, sei die Beobachtungszeit noch viel zu kurz. Schwankungen in den globalen Temperaturen hat es schon immer gegeben. Man denke da nur an die Eiszeiten. Die letzte ging vor rund 12.000 Jahren zu Ende. Damals hatten die Steinzeitmenschen natürlich weder Verbrennungsmotoren noch Zentralheizungen und Fernflugreisen waren auch noch relativ unbekannt. Die können also an den Erwärmungen nicht schuldig sein. Und da man einen Grund finden musste, tauchte dann plötzlich das CO_2 auf. Das war nun an allem schuld, speziell an der Erderwärmung. Die Menschen produzieren CO_2, was zweifellos stimmt, aber im Vergleich zu dem global produzierten ist es doch recht wenig. Es gibt da so ein ganz simples Rechenbeispiel. Das fand ich sehr einleuchtend als ich es las. Kann man im Kopf rechnen, auch abends am Lagerfeuer. Der Mensch produziert im Jahr weltweit etwa 30 Gigatonnen an CO_2, können auch 35 sein, ist aber bei diesem Vergleich nicht so wichtig. Die globale Gesamtmenge an CO_2 beträgt 600 Gigatonnen. Die entstehen aus Vulkanausbrüchen, Erdausdünstungen, Verwesungen und so weiter. Zahlen die wissenschaftlich sogar unbestritten sind. Das heißt, auf die menschlichen Tätigkeiten entfallen 5 %. Nun ist CO_2 bei der Erwärmung durch die Treibhausgase, die ja dafür zuständig sein sollen, nur mit 12 % beteiligt. 12 % von 5 % sind 0,6 % bzw. sechs Promille. Es ist das angestrebte Klimaziel, die Erderwärmung um 1,5 Grad zu senken. Und dazu sollen wir unseren CO_2 Ausstoß um 50 % senken. 50 % von sechs Promille sind 3 Promille. Damit soll die Menschheit die Erwärmung der Erde verändern können? Allein mit der Reduzierung des CO_2 Ausstoßes? Das will in meinen Kopf nicht hinein. Insbesondere wenn ich mir einen dampfenden Vulkan anschaue. Im übrigen war der CO_2 Gehalt der Luft auf der Erde zeitweise sogar 20 mal höher als heute. Hat man durch Eiskernbohrungen auf Grönland und in der Antarktis eindeutig festgestellt.

Nun erwähnen einige Leute immer ein schönes Beispiel, zumindest halten sie es dafür. Wenn eine Badewanne randvoll ist und es fällt nur ein Tropfen Wasser hinein, dann läuft sie über. Stimmt. Den Badewannenrand setzt man nun mit dem CO_2 Spiegel der Erde gleich. Das heißt, ein Tropfen CO_2 mehr und wir landen im Chaos. Jetzt überlegt doch mal, was passiert denn wenn du einen Tropfen Wasser in eine volle Badewanne tust? Dann läuft sie über, klar. Was passiert dann weiter? Die Wanne ist so voll wie vorher, egal wie viel du rein schüttest. Der Wasserspiegel bleibt immer gleich. Wasser kann sich ja nicht aufhäufen. Irgendwann, wenn Wasser verdunstet und weniger rein läuft, dann sinkt der Wasserspiegel wieder. Also voller als voll geht nicht. Genauso ist es auch mit dem CO2 in der Luft."

Joshi griff zu der Teekanne, schenkte uns ein und rückte sie weiter an das Feuer.

„Was meinst du, warum man CO2 zum Schuldigen erklärt? Ist das denn nicht wissenschaftlich erwiesen? Das wird doch in den Medien immer als Tatsache dargestellt. Angeblich wären die Wissenschaftler sich zu 97 % einig dass das so ist," warf ich ein.

„Zumindest will die Politik es so verkaufen. 97 % hören sich toll an. Nur da kommt es natürlich drauf an wen man dazu zählt. Wenn ich 100 Wissenschaftler aussuche die meiner Meinung sind und drei davon sind dagegen, dann sind also 97 % dafür. Nur die drei anderen, deren Meinung wird man unter den Tisch kehren. Die stören nur. Soweit ich gelesen habe gibt es mittlerweile mehr als 800 wissenschaftliche Veröffentlichungen die nachgewiesen haben, dass die publizierte CO2 Theorie nicht stimmt. Einmal hat man festgestellt, dass das Ansteigen von CO2 nicht die Erde erwärmt sondern der CO2 Gehalt steigt weil sich die Erde erwärmt. Also eine Umkehr der bisherigen Meinung. Das ist relativ einfach festzustellen. Aufzeichnungen zeigen, erst steigt die Temperatur und dann der CO2 Gehalt. Nicht umgekehrt wie man uns weismachen möchte. Die Politiker sind natürlich in erster Linie daran interessiert sich und dem Staat neue Einkommensquellen zu erschließen. Einer euer Oberen hat auch kürzlich gesagt der Klimaschutz wäre nicht zum Nulltarif zu haben. Dabei soll man doch eigentlich auf alles verzichten um die Temperatur zu senken. Nicht Auto fahren, nicht fliegen, kein Fleisch essen usw. Alles Dinge die eigentlich Geld sparen. So müsste das Leben doch billiger werden Aber nein der Staat greift als erstes den Bürgern in die Tasche.

Dann die ganzen wissenschaftlichen Institute die sich mit diesem Thema befassen. Wenn die sagen würden das ist alles ganz normal und die Natur regelt alles wieder von selbst, dann würde jeder wieder zur Tagesordnung übergehen und das Thema vergessen. Sagen Sie jedoch das ist alles höchst dramatisch und wir wissen gar nicht ob wir in zehn Jahren auf unserer Erde überhaupt noch leben können, wenn wir nicht sofort handeln. Dann muss alles gründlich wissenschaftlich untersucht werden. Dann werden ungeahnte Mengen an Geld flüssig gemacht und in Forschungsprojekte gesteckt. Es ist ja alles zu unserem Besten. Kostet natürlich Geld das irgendwo herkommen muss. Redet man nicht bei euch in Deutschland schon über eine CO_2 Steuer?"

„Man redet nicht nur darüber, sondern man hat sie sogar beschlossen und einen Preis dafür festgelegt. Einen Preis, der von Jahr zu Jahr steigen soll."

Joshi setzte sich auf und sagte mit finsterer Miene:

„Weißt du was das bedeutet? Hast du das mal überlegt? Das heißt nicht mehr und nicht weniger, als dass eurer Regierung etwas gelungen ist, wovon alle Regierungen dieser Welt schon seit Jahrhunderten träumen, nämlich die Luft zum Atmen für die Bürger zu besteuern."

Er lehnte sich zurück und schaute nachdenklich in das Feuer.

„Nun ja," sagte ich,

„sie besteuern ja nicht den Sauerstoff den wir einatmen sondern das CO2 das wir ausatmen."

„Das ist doch das Gleiche ob du den Sauerstoff versteuerst den du einatmest oder das CO2 das du ausatmest, du musst es versteuern. Und wenn du das partout nicht willst, dann kannst du ja aufhören zu atmen, ist deine Entscheidung. Und wer kein Geld, hat der hat eben Pech gehabt. Gibt ohnehin zu viele Menschen auf dieser Erde. Das ist doch wie beim Autofahren, du kannst das Benzin besteuern oder die Abgase. Kommt alles aufs gleiche hinaus. Die Hauptsache ist, es bringt Geld in die Staatskasse.

Da erinnere ich mich an einen Artikel in der Zeitschrift New Scientist, ist schon ein bisschen her, ich meine so von 1998 oder 99, da hat der Herausgeber Nigel Calder vorausgesagt dass alle Regierungen der Industriestaaten, ob links oder rechts gerichtet, die CO2 Erderwärmungstheorie übernehmen werden. Dies ist eine einmalige Chance, die Luft zum Atmen zu besteuern. Weil sie damit angeblich die Welt vor dem Hitzetod bewahren, erhalten die Politiker dafür auch noch Beifall. Keine Partei wird dieser Versuchung widerstehen. Das hat er vor 21 Jahren gesagt. Recht hatte er.

Siehst du, Klimapolitik kostet Geld, viel Geld. Ob sie nützt ist eine andere Frage. Wenn sich dann nach vielen Jahren raus stellt dass es nichts gebracht hat und das Geld nur verpulvert wurde, sind andere Politiker an der Macht. Die hatten natürlich von vornherein eine andere Meinung. Keiner braucht also zu haften."

„Dass das Klima in den letzten Jahren wärmer geworden ist, das ist doch vermutlich eine Tatsache. Wenn es so ist, wodurch wurde es verursacht?" fragte ich.

„Ich habe gelesen man vermutet, zumindest vermuten es viele Forscher, dass das mit der Sonnenaktivität zu tun hat, genauer mit der magnetischen Aktivität der Sonne oder auch mit den Sonnenflecken, diesen gewaltigen Eruption auf der Oberfläche der Sonne. Würde auch die Schwankungen erklären die es seit Millionen von Jahren auf der Erde gibt. Wer kann sonst Einfluss auf die Erde haben, wenn nicht die Sonne. Gut, der Mond hat Einfluss, siehe Ebbe und Flut. Aber sonst sehe ich weit und breit nichts was die Erde in irgendeiner Weise beeinflussen könnte. Ab und zu allerdings knallen so ein paar schöne Meteoriten auf unsere Erde. Die beeinflussen das Klima schon, löschen ganze Vorkommen von Lebewesen aus, siehe Saurier. Aber auch davon hat sich die Erde ja wieder erholt, wie man an uns sieht."

Und nach einer ganzen Weile:

„Wenn man meint, der Mensch könnte Maßnahmen ergreifen, um das Weltklima zu beeinflussen, dann müsste es doch für ihn auch ein Leichtes sein, solche, die im Vergleich dazu harmlosen Vulkanausbrüche, zu stoppen. Das aber nimmt man als unausweichliches Schicksal hin."

Ich hatte noch viele Fragen an Joshi, doch es war spät geworden und morgen mussten wir früh raus. So löschten wir unser Feuer, auch wenn hier oben wirklich nichts brennen konnte und stiegen in unsere Schlafsäcke. Wir hatten ja noch eine weitere Nacht in der wir uns unterhalten konnten.

Der Morgen dämmerte bereits als ich erwachte. Draußen hantierten die Träger schon mit dem Kochgeschirr. Wenig später war der Duft von Kaffee in der Luft. Die Morgenwäsche fiel naturgemäß etwas spärlich aus. Etwas Wasser zum Zähneputzen aus der Flasche und schnell eine Hand voll davon über das Gesicht. Das musste genügen. Nach dem erstaunlich reichhaltigen Frühstück teilten wir das Gepäck auf. Zwei Träger stiegen mit uns und den erforderlichen Instrumenten in den Krater hinab, die anderen beiden gingen mit dem restlichen Gepäck schon zu dem Lagerplatz den wir heute Abend aufsuchen wollten. Der Weg hinunter in den Kessel war wesentlich steiler als der Weg, der uns gestern zum Lagerplatz geführt hatte. Hier war keine Asche mehr sondern alles bestand aus Lavafelsen und Geröll. Joshi steuerte auf einen dampfenden Hügel zu. Dort stand ein Kasten in dem die erforderlichen Messinstrumente untergebracht war. Die gespeicherten Daten wurden ausgelesen, einige Fühler ersetzt und dann ging es auf zum nächsten Punkt. Sechs solche Stellen hatten wir aufzusuchen.

„Keine überraschenden Ergebnisse," sagte Joshi,

„soweit ich das bis jetzt beurteilen kann, hat sich die Gaszusammensetzung etwas geändert, aber ich sehe keinen Grund für einen bevorstehenden Ausbruch. Hätte mich auch gewundert. Obwohl, wenn wir nach der Abfolge der vorangegangenen Ausbrüche gehen, eigentlich wieder einer fällig ist. Nur wir haben wenig Möglichkeiten, die Gedanken des Alamuro zu lesen. Auf jeden Fall können wir heute Nacht an seiner Schulter sorgenfrei schlafen."

Hier unten im Krater wurde es sehr heiß, es wehte nicht das leiseste Lüftchen. Gut, dass die Träger genug Wasser dabei hatten. Nach getaner Arbeit auf der anderen Seite die Kraterwand wieder hoch zum Rim. Und dann begann wieder der Abstieg. Wir konnten, etwa zwei Wegstunden tiefer, schon die aufgebauten Zelte für das Nachtlager sehen.

„Nun, wie hat er dir gefallen unser Alamuro?" fragte Joshi, als wir wieder vor den Zelten saßen?"

„Sehr interessant aber wenig spektakulär, der Takato hat mich mehr beeindruckt," antwortete ich.

„Kann ich mir denken," lachte Joshi.

„Da war natürlich erheblich mehr Aktion. Obwohl du die sicherlich heute nicht unbedingt haben wolltest."

„Nee, davon habe ich erst mal genug."

Joshi schien mir etwas ruhiger als gestern. Er schaute lange nachdenklich in die Flammen des Lagerfeuers, dachte anscheinend über ein aktuelles Problem nach.

„Ich kenne dich noch nicht sehr lange," versuchte ich ein Gespräch in Gang zu bringen.

„Auch ist mir die Mimik asiatischer Menschen immer noch unverständlich, so wie es Asiaten vermutlich auch bei den Europäern geht. Auf jeden Fall kann ich im Moment erkennen dass dich etwas bewegt."

Joshi setzte sich mit einem Ruck auf:

„Du hast recht, ich denke da über etwas nach was durchaus zu einem Problem werden könnte. Wir sind hier nicht so ganz zufällig auf dem Alamuro. Vor zwei Tagen gab es eine Videokonferenz mit meinen internationalen Kollegen. Besonders die Entdeckungen meines indonesischen Kollegen schreckte uns auf. Anscheinend ist der ganze pazifische Feuerring etwas in Unruhe geraten. Der Ausbruch des Takato passt perfekt dazu. Deshalb brauchte ich einige Ergebnisse von den Messsonden hier. Die wesentlichen werden uns per Funk übermittelt, aber eben nicht alle. Die Ergebnisse heute passen erschreckend zu unseren Befürchtungen. Wie schon gesagt: Keine Angst! Es knallt hier nicht heute Nacht, da kannst du ruhig schlafen. Nur die Tendenz ist besorgniserregend. Der Ausbruch des Takato hat den Druck in der darunter liegenden Magmablase erst einmal abgemindert. Wir vermuten seit Langem, dass die drei Vulkane hier in der Nähe mit einer gemeinsamen Magmablase in Verbindung stehen. Aber es bahnt sich in diesem Feuerring wahrscheinlich etwas wesentlich Größeres an. Nur, wann wo und wie, das ist die große Frage."

Nach einer ganzen Weile des Nachdenkens:

„Geologen haben festgestellt, dass die kleinen seismischen Erschütterung in der entsprechenden Region extrem nachgelassen haben. Die beiden Kontinentalplatten schieben sich aber mit annähernd immer gleicher Geschwindigkeit aufeinander zu beziehungsweise untereinander. Das heißt, es hakt irgendwo und so baut sich irgendwo ein enormer Druck auf, der sich auch irgendwann irgendwo entladen wird. Das produziert nicht nur verstärkt Erdbeben, sondern es wirkt sich natürlich auch extrem auf vulkanische Tätigkeiten aus. Sozusagen eine Einladung, wieder mal aktiv zu werden. Du siehst, dass ich schon versuche mich die Psychologie eines Vulkans hineinzudenken. Das bleibt wohl nicht aus, wenn man sich sein Leben lang mit ihnen beschäftigt."

Er langte nach der Teekanne und goss sich und mir neuen Tee ein. Rührte gedankenvoll in seinem Becher herum.

„Ich bitte drum," sagte er dann,

„das alles was wir so besprechen unter uns bleibt. Ich möchte hier nicht als jemand gelten, der an Geister glaubt.

Ich bin Wissenschaftler. Aber ich habe mich durchaus mit dem hiesigen Geisterglauben beschäftigt. Ich hab mich mit den alten Häuptlingen unterhalten und mit den Schamanen. Was man da so erfährt, macht einen doch nachdenklich."

„Joshua hat mir erzählt, dass es auf Sokutra Island keinen mehr gibt," warf ich ein.

„Richtig, aber ich kenne den letzten noch, ich habe mich lange mit ihm unterhalten. Und auch mit den Schamanen auf anderen Inseln die etwas weiter entfernt sind und noch sehr wenig entwickelt. Dort gibt es sie auch heute noch. Der Schamane auf Sokutra hat den Ausbruch des Alamuro auf einen Tag genau vorhergesehen. Ich weiß nicht wieso. An die heiligen Plätze von denen er seine Erkenntnisse holt, hat er mich natürlich nicht mitgenommen. Die sind absolut tabu.

Aber lass uns jetzt von etwas anderem reden sonst schlafe ich die ganze Nacht nicht."

„Ich komme bestimmt wieder darauf zurück," sagte ich

„das ist ein Thema das mich sicherlich nicht mehr los lässt. Was ich dich gestern schon fragen wollte, wie hält man es denn hier mit dem Umweltschutz? Ist dieses Thema schon bis hier durchgedrungen?"

„Was ist das?" lachte Joshi.

„Das ist die Antwort, die du wohl von den Menschen auf der Straße bekommen wirst. Also man hat eines begriffen und zwar dass die Touristen, dass sind die, die Geld bringen, saubere Straßen und insbesondere saubere Strände sehen wollen. Daran hält man sich inzwischen auch. Nehmen wir mal die Müllabfuhr die funktioniert hier eigentlich ganz gut. Die Wagen kommen zweimal in der Woche und nehmen alles mit, was die Leute vor die Tür stellen. Es gibt da keine genormten Behälter sondern man nimmt was man so gerade hat. Aber am Abfuhrtag kommen vorher noch die privaten Müllsammler. Die suchen das raus was noch zu Geld zu machen ist, Blechdosen, Glas, Plastikflaschen, Metall und Papier. Auch einen alten Computer nehmen sie mit oder Möbel die man nicht mehr braucht. Dann kommen die Müllwagen, entleeren die Behälter und sortieren dabei alles raus was ihnen wertvoll erscheint. Das kommt in große, am Wagen hängende Säcke. Also, wie man sieht, perfektes Recycling. Den gesammelten Müll kippte man dann 10 km weiter in eine Bucht. Die wurde im Lauf der Jahre natürlich immer kleiner. Irgendwann als der Tourismus anfing, erbarmten sich die Japaner und schenken der Stadt eine ganz moderne Müllverbrennungsanlage. Sie bauten sie auf und betrieben sie mit hiesigen Leuten ein Jahr lang, um diese anzulernen. Alles toll. Dann flogen die Japaner wieder nach Hause. Nach 2-3 Monaten gab es einen Defekt in der Anlage. Dieser Defekt ist bis heute nicht behoben. Die Anlage steht also seit mehr als einem Jahr still. Daher auch die immer noch schneeweißen Schornsteine. Die Müllwagen fahren natürlich trotzdem, der Müll muss ja weg. Sie fahren weiterhin wie gewohnt zur Müllverbrennungsanlage, fahren dort auf die Waage, werden genau gewogen und registriert. Dann fahren sie 2 km weiter und kippen den Müll in die Bucht wie schon früher. Da hast du mal einen Eindruck in wie weit das Thema Umweltschutz in die Gehirne eingedrungen ist. Nächstes Thema Abwasser. Es gibt hier eine Kläranlage in der Stadt, allerdings ist es mehr eine Filteranlage als eine Kläranlage. Was da rauskommt eignet sich zum Düngen der Felder, wächst alles prima damit. Trinken möchte ich es nicht. Die Ressorts in der Nähe der Küste haben große Tanks

104

oder Becken, in denen das Abwasser aufgefangen wird. Und in der Nacht wird es dann ins Meer gepumpt. Sieht ja keiner. Am Morgen ist das Meer wieder strahlend blau und die Gäste schwimmen fröhlich im kristallklaren Wasser. Da ist also noch viel zu tun. Dabei fällt mir noch eine Geschichte ein. Ich sah vor einiger Zeit außerhalb des Ortes einen Mann der neben der Straße sein Motorrad aufgebockt hatte. Er machte gerade einen Ölwechsel. Was mit dem Altöl passierte kannst du dir denken, es floss in den Sand neben der Straße. Als ich ihn darauf ansprach und fragte ob er mal etwas von Umweltschutz gehört hatte sagte er:

„das versickert doch alles, eine kurzer Zeit ist nichts mehr zu sehen. Wo ist da das Problem?"

„Du siehst das Thema ist in den Köpfen der Leute noch nicht drin und es wird auch noch einige Zeit dauern bis man es begriffen hat.

Das Thema Abgase ist hier sowieso kein Thema. Es gibt wenig Autos, noch weniger Industrie, die Häuser heizen brauchen wir auch nicht. Nur unser Elektrizitätswerk verpestet die Luft denn das wird mit Öl betrieben. Aber da arbeitet man auch bereits an Alternativen. Die größten Umweltverschmutzer hier in diesem Staat sind die Vulkane. Wobei wir wieder beim Thema sind. Ich denke es ist Zeit, dass wir uns aufs Ohr hauen. Gute Nacht bis morgen".

Der Rückweg war naturgemäß etwas weniger anstrengend, da es nur bergab ging. So hatten wir reichlich Zeit es uns in einer kleinen Küche am Strand bequem zu machen, um auf das Boot zu warten. Außerdem hatten wir Hunger. Ich bat Joshi das Essen zu bestellen.

„Was möchtest du?" fragte er.

„National oder international?"

„Bestelle bitte etwas von dem du annimmst, dass ich es noch nie gegessen habe, das aus einheimischen Produkten besteht und erzähle mir nicht woraus es gemacht wurde."

„Wenn's weiter nichts ist," lachte er und machte sich auf den Weg in die Küche.

„Das kriegen wir schon hin."

Das Essen war prima. Als nur noch kümmerliche Reste vorhanden waren fragte er:

„Nun, wie war's"?

„Prima," antwortete ich, noch mit dem Nachtisch beschäftigt. Der bestand aus gegrillten Maden und frittierten Heuschrecken mit einem Dipp aus Honig und Sesam.

„Du siehst ich habe alles gegessen was auf den Tisch kam."

„Hochachtung," war seine Antwort.

„Wenn du jetzt allerdings meinst es waren alles exotische Zutaten, dann muss ich dich enttäuschen. Die meisten Sachen kriegst du auch bei euch im Supermarkt. Nun ja bis auf die Maden, die Heuschrecken und den Dschungelfarn vielleicht. Kanntest du den schon?"

„Ja, hab ich in Malaysia gegessen. Und am nächsten

Tag gleich noch einmal. Gibt es ja bei uns nicht zu kaufen. So leicht in Olivenöl gebraten mit einem Hauch von Knoblauch schmeckt er mir am besten."

„Ich sehe schon, einem Globetrotter kann man nichts vormachen. Aber Hauptsache es hat dir geschmeckt."

„Da wir jetzt ausgezeichnet gegessen haben und satt sind kann ich ja auch ein pikantes Thema anschneiden das mich natürlich brennend interessiert. Wie war es hier mit dem Kannibalismus? Man liest sehr viel darüber aber sehr Unterschiedliches. Du hast da sicher bessere Informationen," wollte ich wissen.

„Ja," sagte Joshi nachdenklich,

„da gibt es jede Menge wilde Geschichten. Natürlich habe ich hier nachgeforscht, alte Leute befragt, auch die Schamanen auf den anderen Inseln. Ich denke ich weiß ganz gut Bescheid wie es hier praktiziert wurde. Aber das war vermutlich in jedem Land, auf jeder Insel anders. Meines Wissens wurden hier die Feinde nur aus rituellen Gründen gegessen. Man wollte ihre Kraft und ihr Wissen damit in sich aufnehmen. Das durften aber immer nur die Obersten des Stammes, nie das gemeine Volk. Es war daher nicht so, dass das ganze Dorf zum gegrillten Missionar am Spieß gemütlich beisammen saß. Es gibt aber auch Geschichten von anderen Inseln wo man regelrecht Jagd auf die Bewohner anderer Dörfer machte um sich mit Frischfleisch zu versorgen. Man muss dabei bedenken, dass es damals nur Fleisch von Vögeln gab. Die jetzt so beliebten Schweine wurden erst von den europäischen

Eroberern eingeführt und anderes Großwild gab es nicht. Man sagt sogar dass die gefangenen Männer dann in Käfigen gehalten und regelrecht gemästet wurden. Aber wie gesagt, es gibt dafür keine Beweise. Erstaunlich ist jedoch dass nie davon die Rede ist dass man Frauen gegessen hat. Ethnologen meinen das hänge damit zusammen dass man frühzeitig gemerkt hat, dass eine zu enge kleine Gemeinschaft zu Inzucht führen kann. Insofern waren die Frauen anderer Regionen auch so etwas wie Frischfleisch, zumindest brachten sie neue Gene ein.

Bei den heiligen Orten, die Joshua dir gezeigt hat, hast du sicherlich den einen oder anderen Schädel entdeckt. Das sind die Schädel von getöteten Feinden. Die wurden nach dem rituellen Mahl an diese heiligen Stätten gebracht und somit den Geistern präsentiert um sie zu besänftigen."

In meinem Hotel lag eine Nachricht für mich in meinem Postfach. Es kam von einem Mitarbeiter des Büros zur Förderung des Tourismus. Er bat um einen Rückruf. Was ich am nächsten Morgen natürlich gleich machte. Wir verabredeten uns für den Nachmittag in seinem Büro. Mister Francis Taylor, please call me Francis, war ein gemütlicher Typ, jemand mit dem man plaudern konnte. So mein erster Eindruck.

„Mein Chef hat mich beauftragt dich," da er etwas zögerte fiel ich ihm ins Wort,

„du sollst mich aufhorchen was ich denn für verrückte Ideen habe, nicht wahr? Ich habe dem

Herrn Innenminister ja schon kürzlich so vage Andeutungen gemacht."

Francis lachte:

„Stimmt. Da fielen so Begriffe wie sanfter Tourismus, kein Massentourismus. Aber Keiner konnte sich etwas genaues darunter vorstellen. Ich auch nicht. Also kläre mich bitte auf."

„Gerne. Ich bin noch nicht sehr lange in eurem Land und ich fühle mich hier sehr wohl. Ich bin schon in viele Länder gereist und kenne natürlich vor allem die negativen Seiten des Tourismus. Der Massentourismus kann ein Land sehr schnell kaputt machen. Natürlich verstehe ich dass man das wirtschaftlich nutzen möchte, man möchte Geld verdienen und das möglichst schnell. In den meisten Ländern sind die aus Probleme aus der Situation entstanden, niemand hat sie geplant. Jetzt muss man sehen wie man die das wieder in den Griff kriegt. Das ist ziemlich schwierig. Nur ihr seit hier noch am Anfang und habt daher alle Möglichkeit den aufkommenden Tourismus von Anfang an zu steuern. Und ausschließlich den Massentourismus zu fördern, so wie es der Plan für Sokutra Island vorsah, ist sehr kurzsichtig gedacht. Ganz besonders denke ich da an die Kreuzfahrtschiffe. Die kommen und spucken 5000 Leute an Land. Die bleiben für 3 Stunden und sind wieder weg. Kaufen tun sie wenig, ein paar Souvenirs vielleicht, hier und da ein Kaffee oder ein Bier, denn Essen brauchen sie nicht, das haben sie ja schon an Bord pauschal bezahlt. Für Touren ins Land reicht die Zeit meist auch nicht. Da kassiert die

Hafenbehörde sehr viel Geld für das Anlegen aber die Bevölkerung hat kaum was davon. Sie dürfen nur den Dreck wieder weg machen den diese Leute hinterlassen haben. Euer Innenminister hat mir die Pläne für Sokutra Island erläutert. Du kennst sie?"

„Zum Teil jedenfalls."

„Er hat mich gefragt was ich davon halte. Ich fand sie unmöglich aber das habe ich so direkt nicht gesagt. Wollte ihn nicht verärgern. Also, so ganz unter uns, das ist in meinen Augen das Schlimmste was man überhaupt machen kann. Es wäre eine reine Museumsinsel geworden auf der kein Mensch auf Dauer leben möchte. Und wenn der Tourismusboom irgendwann vorbei ist? Alles zurück bauen und wieder Ackerbau und Viehzucht betreiben? Das kann man wohl vergessen.

Das Paradebeispiel für das Ausufern des Massentourismus ist die Stadt Venedig. In meinen Augen eine der schönsten Städte der Welt aber in der Saison so überlaufen das man sich nur durch die Gassen schieben lassen kann. Da kommen zeitweise vier dieser Riesenkreuzfahrtschiffe auf einmal. Dann hat man dort 20.000 Leute. Nun gibt es in der Stadt aber auch eine ganz normale Bevölkerung die ihrer Arbeit nachgehen möchte. Was in der Saison kaum noch möglich- Jetzt hat man beschlossen von den Besuchern ein Eintrittsgeld zu verlangen. ist. Das hat mittlerweile auch die Verwaltung begriffen. So soll jeder Tagesbesucher etwa 20 $ bezahlen. Damit will man die Massen in den Griff kriegen. Aber überleg mal, wenn du 5000 $ für eine Kreuzfahrt bezahlst, würden dich dann 20 $ Eintritt davon abhalten? Wohl kaum. Bringt der Verwaltung nur Geld in die Kasse, für die Bevölkerung ändert sich gar nichts.

Ein anderes Beispiel. Das Land Bhutan hat beschlossen den Tourismus zu beschränken indem man die Kosten drastisch erhöht. Es gibt eine Mindestsumme von 250 $ die man täglich ausgeben muss. Das schränkt die Zahl der Besucher natürlich ein aber die Leute die sich wirklich für das Land und die Kultur interessieren sind meistens jüngere Leute, Studenten zum Beispiel, bei denen sitzt das Geld nicht so locker. Die bleiben auf der Strecke weil sie es sich nicht leisten können Noch ein Beispiel? Da gibt es ja das sogenannte Welt-Kulturerbe, die World-Herritage-Site-Auszeichnung. Jedes Land ist wild darauf seine Sehenswürdigkeiten damit auszeichnen zu lassen. Das Ergebnis, es ist überall brechen voll und saut euer. Die dort am Tourismus Beteiligten verdienen sich dumm und dämlich, die Bevölkerung die die Arbeit machen muss bekommt einen Hungerlohn. Darum meine Empfehlung, Hände weg davon. Ich würde eher damit Werbung machen keine solcher Hotspots zu haben. Doch nun zu meinen Vorschlägen.

Ich bin ja auch ein Tourist der gekommen ist um den Mount Takato zu sehen weil mich Vulkane schon immer faszinierten. Dass ich hier ein so interessantes Land vorfinden würde war mir vorher nicht bewusst. Ich bin schon immer mit eigener Planung gereist, hasse Pauschal-und Gruppenreisen. Wenn du mich fragst möchte ich dass hier alles so bleibt wie es zur Zeit ist. Ich weiß dass das nicht möglich ist. Ich verstehe auch dass die Leute besser leben wollen, so wie die Besucher es ihrer Meinung nach tun. Der Tourismus kommt und ist nicht aufzuhalten. Man muss ihn nur in die richtigen Bahnen lenken. Begeistert war ich zum Beispiel von euren bunten Märkten und natürlich von meinem Baumhaus auf Sokutra Island. Nun kann man natürlich nicht in jedem Baum ein Baumhaus einbauen. Wäre für die Umwelt auch nicht so gut aber zum Beispiel kleine Dörfer schaffen mit einfachen Hütten in denen die Gäste wohnen. Natürlich müsste da ein gewisser Komfort sein. Die Leute wollen nicht auf einer Reismatte auf dem Boden schlafen und eine saubere Sanitäreinrichtung wollen sie auch. Die kann natürlich mit einfachen lokalen Mitteln gebaut sein, sogar im Freien mit Sichtschutz, finden sie alle toll. Aircondition? Muss nicht sein, ich bin halt in den Tropen. Ein großer Ventilator an der Decke reicht völlig aus. Dann muss es dort einen Ansprechpartner geben der immer erreichbar ist, der auch Touren und sonstige Aktivitäten organisiert. Ich möchte dass die Touristen etwas in den Alltag der Bevölkerung integriert werden. Das Sprachproblem früherer Zeiten existiert im Grunde ja nicht mehr. Jeder hat sein Mobile oder sein Smartphon in der Tasche und damit auch einen Sprachcomputer. Ihn zu benutzen bedarf zwar etwas Gewöhnung aber es funktioniert. Dann möchte ich zur Bedingung machen dass man mindestens eine Woche bleiben muss, besser zwei oder drei. Es braucht halt ein paar Tage um sich ein zu gewöhnen. Die Mobiles werden beim Einchecken abgegeben. Man braucht sie hier nicht, man soll sie auch gar nicht vermissen. Im Gemeinschaftshaus gibt es natürlich die Möglichkeit ins Internet zu kommen um seine Mails abzurufen. Kochen kann man in diesem Haus auch, wenn man möchte, es ist aber auch als Restaurant gedacht.

Als Sinnbild oder als Emblem würde ich eine Hängematte vorschlagen. Ein Zeichen für Ausruhen und Entspannen. Vielleicht könnte man eine spezielle, nur auf dieses Land bezogene Hängematte entwerfen. Eine die nur hier hergestellt wird und nur hier zu haben ist. Wäre eine tolle Werbung. Du siehst, ich möchte die Touristen in die Bevölkerung integrieren und nicht umgekehrt. Die Zahl der Besucher müsste man gegebenenfalls regulieren. Nicht über den Preis, eher mit Hilfe eines noch zu entwickelnden Auswahlverfahrens. Ihr müsstet als erstes mal untersuchen wie viel Besucher das Land problemlos verkraften kann ohne das Leben hier drastisch zu verändern.

Das heißt nun natürlich nicht, dass alle bestehenden Hotels und Ressorts dicht gemacht werden müssen. Nur man sollte sie in die Richtung Ökologie, Natur-Umweltschutz bringen. Das sind für Europäer mittlerweile Zauberworte. Man muss den Leuten auch bei Fernreisen ein gutes Gewissen vermitteln, auch wenn permanent von Luftverschmutzung und Erderwärmung geredet wird. Apropos Fernreisen, trotz allem ist es unabdingbar, dass ihr euren Flughafen ausbaut. Direktflüge von beispielsweise Singapur oder Australien wären sinnvoll. Jedoch sollte man die Zahl der Flüge begrenzen. Und noch einmal, Kreuzfahrtschiffe sind unerwünscht."

Ich lehnte mich zurück und wartete auf Francis Reaktion.

„Ja," sagte er gedehnt,

„gute Ideen, aber dafür eine Zustimmung bei der Regierung zu bekommen ist ein hartes Stück Arbeit. Die schauen natürlich in erster Linie ob sich die Investitionen rentieren. Und so ganz unter uns, viele sind auch unmittelbar an den Einnahmen beteiligt."

„Die schauen aber auch darauf, ob sie beim nächsten Mal wieder gewählt werden. Und da sind sie voll und ganz auf zufriedene Bürger angewiesen. Könnte mir vorstellen, dass es unter der Bevölkerung für solche Pläne großen Zuspruch gibt. Schon weil jeder daran teilhaben kann, nicht nur die großen Konzerne. Ich kenne jemanden der mir voll zustimmen würde, auch wenn ich mit ihm über solche Pläne noch nicht gesprochen haben. Du kennst Häuptling Joshua? Er hofft darauf möglichst bald mit dem Wiederaufbau von Sokutra Island beginnen zu können. Das wäre zum Beispiel eine ausgezeichnete Möglichkeit meine Vorstellungen auszuprobieren."

„Ja ich kenne ihn, seine Tochter volontiert zur Zeit bei uns. Sie möchte gerne wissen ob das eine Branche ist die ihr liegt. Die Familie hat ja einige Hotels hier und daher könnte sie natürlich irgendwann mal deren Leitung übernehmen."

Wir plauderten noch eine ganze Weile und ich verabschiede mich von Francis mit der Hoffnung einen Verbündeten gewonnen zu haben. Auf dem Flur begegnete uns Jola. Francis stellte uns vor, aber Jola sagte mit strahlendem Lächeln:

„Wir kennen uns schon."

Wieder überkam mich das Wunsch etliche Jahre jünger sein.

Als ich darüber nachdachte für welches Datum ich meinen Rückflug planen sollte, fiel mir auf, dass ich bisher keine Fotos von der Stadt und meiner jetzigen Umgebung gemacht hatte. So lieh ich mir kurzentschlossen ein Motorrad aus um die Gegend zu erkunden. So ganz zufälligerweise hatte mein Hotel welche zu vermieten. Sie sahen auch ganz zuverlässig aus und funktionierten problemlos, wie ich bei der ersten Runde auf dem Vorplatz feststellte.

„Einen Helm brauchen Sie noch," sagte der Page und reichte mir einen.

„Hier herrscht Helmpflicht."

Nur, wie ich schon leidvoll wusste, er passte nicht auf meinen Schädel. Auch intensive Suche brachte nur einen wenig größeren hervor. So nahm ich diesen und band ihn am Lenker fest. Ich hatte ohnehin nicht vor mit Helm zu fahren. Dazu war das Wetter viel zu schön. Vor einer Polizeikontrolle könnte ich in jedoch schnell aufsetzen, bei einem Unfall wäre ich wohl nicht schnell genug. Es war ein schöner Tag und es wurde eine schöne Tour. Ich fand an der Küste einen Fischer der zwei Tische draußen stehen hatte und mir einen vorzüglich Fisch beriet. Ich war schon auf dem Heimweg, als ich plötzlich merkte wie das Motorrad anfing zu schlingern, ich konnte es kaum halten. Mit Mühe stoppte ich, aber das Schlingern hörte nicht auf. Es dauerte bis ich merkte, es war nicht das Motorrad, es war der Boden der schwankte. Ein Erdbeben. Ich schaute mich um, Gebäude war hier nicht zu sehen. Insofern auch keine Schäden zu erkennen. Jedoch die Straße auf der ich gekommen war, war vollkommen verbogen. So als wenn man ein langes Blech nimmt und es an den Enden in entgegengesetzte Richtungen verdreht. In der Mitte war die Hälfte der Straße abgesackt. Zu befahren war sie nicht mehr. Ich überlegte wie ich nachfolgenden Verkehr warnen könnte. Die Lastwagenfahrer in Südostasien fielen mir ein. Da sie bei einer Panne selten ein Warnschild dabei hatten, hackten sie Zweige und Büsche ab und legten diese quer über die Straße. Das fiel auf und jeder wusste, er musste jetzt aufpassen. So zog ich mein Taschenmesser machte mich an die Arbeit. Vom Ort her hörte ich die Sirenen der Ambulanzfahrzeuge. Irgendwas war dort anscheinend passiert. Zu meinem Hotel musste ich durch die Stadt. Von Weitem sah ich Rauch aufsteigen über den Viertel in dem die Fischer wohnten. Beim Näherkommen sah ich die Fahrzeuge an der Straße stehen, von dem die Gassen ins Fischerviertel abzweigten. Ich stoppte und fragt einen Polizisten ob es größere Schäden gegeben hätte..

„Keine Besonderen," antwortete er.

„Es hat etwas gebrannt hier. Aber das passiert häufiger. Die kochen hier alle auf offenem Feuer und jede Menge Töpfe mit heißem Fett stehen herum. Wenn es da mal etwas schaukelt, kann schnell ein Unglück passieren."

Als ich weiterfahren wollen zeigte er auf meinen Kopf und auf den Helm. Also nahm ich ihn und setzte in mir auf. Bei dem Ergebnis mussten wir beide lachen. Von meinem Hotel aus rief ich Joshi an und berichtete von meinen Erlebnissen.

„Waren 4,9 auf der Richterscala," sagt er trocken, „keine Besonderheiten, passiert hier häufiger. Bei allem unter fünf geht das Leben weiter wie bisher. Das mit der Straße, von der du mir erzählt hast, ist allerdings interessant. Wo war das genau?"

„Das war auf der schmalen Straße die aus den Bergen kommt und dann eine Mulde durchquert. Außer mir war dort niemand unterwegs."

„Ach so, dann weiß ich Bescheid. Bodenverflüssigung heißt das Stichwort. Passiert dort nicht zum ersten Mal. Wir haben die Behörden schon vor längerer Zeit darauf aufmerksam gemacht. Sie müssen die Straße dort verlegen. Aber bis sie das endlich kapiert haben, wird es dauern."

„Wie passiert denn so was?" fragte ich.

„Das passiert durch hochfrequente Schwingungen die von einem Erdbeben ausgelöst werden können. Dann tritt Wasser aus unteren Bodenschichten nach oben. Die bisherige Bindung zwischen den Sandkörnern hebt sich auf. Du kennst es sicherlich wenn du am Strand bist, dort wo das Wasser noch gerade hin spült. Wenn du dort stehst und leicht mit den Füßen trampelst, dann sackst du immer tiefer. Ist das gleiche Prinzip. Hier war es ja nur eine landwirtschaftliche Fläche und eine Straße die betroffen war. Vor einigen Jahren erwischte es in Indonesien ein ganzes Dorf. Das versank komplett im Schlamm. Gab damals 1600 Tote."

„Verdammt gefährliche Gegend hier," sagte ich.

„So langsam habe ich von Abenteuern genug."

„Kann ich mir vorstellen. Aber dies heute ist sehr glimpflich abgegangen. Wir hatten erst Befürchtungen, dass ein Tsunami die Küste treffen könnte. Das Fischerviertel liegt nur einen Meter über der Hochwasserlinie. Tsunamis wären dort eine absolute Katastrophe. Die Leute wissen das auch, aber sie sind zu arm um sich woanders niederzulassen. Und der Staat macht natürlich gar nichts, außer darüber nachzudenken. Passiert ja auch sehr selten, daher eilt es nicht."

Ich sollte doch mal meine Abreise planen, dachte ich so, aber vorher gab es ja noch die große Feier und die wollte ich natürlich nicht verpassen. Außerdem belastete mich natürlich noch, dass die beiden Mitarbeiter des Flugplatzes immer noch nicht gefunden wurden. Wie sich deren Schicksal aufklären würde, ahnte ich da natürlich noch nicht.

2. >Mathilda Bolt<

„Verdammte Scheiße," rief Fred und haute mit der Faust auf die Tischplatte.

„Ist das blöde Internet doch schon wieder ausgefallen. Passiert neuerdings immer häufiger. Ich muss Bestellungen aufgeben und Buchungen bestätigen, aber nichts da."

„Das ist mir auch schon aufgefallen," antwortete ihm sein Partner Matthias.

„Ich halte das nicht für normal. Irgend etwas stimmt da nicht. Ich habe das Gefühl, da dreht jemand dran."

„Du meinst die Regierung hat ein Interesse daran Informationen zu kontrollieren?"

„Es kommt mir fast so vor. Ich hab so ein paar Kontakte in der Stadt. Vielleicht kann ich da was erfahren."

Damit nahm er den Autoschlüssel vom Tisch und verließ das Büro ihres Ressorts. Das Cafe Green Mango war sein Ziel, dort würde er sicherlich bekannte Gesichter treffen, irgendwer hing da immer rum. So auch heute. Kurzer Blick in die Runde, wo setze ich mich hin, wo erfahre ich die neuesten Nachrichten.

„Hallo Tim," begrüßte er einen ihm bekannten Australier und schwang sich neben ihm auf dem Barhocker.

„Wie geht's, was machen die Geschäfte?"

Der Angesprochene nickte nur kurz.

„Soweit ganz gut. Oder sagen wir mal, den Umständen entsprechend. In diesem Land gibt es ja immer Schwierigkeiten die man woanders nicht hat."

Greg bestellte sich einen Drink.

„Stimmt, ich hab mich auch gerade wieder mächtig geärgert weil das Internet erneut ausfiel. Das ist wirklich schlimm. Darüber laufen schließlich fast alle Kontakte, Bestellungen, Buchungen. Wieso gibt es da immer wieder Probleme?"

Tim rührte eine ganze Weile schweigend in seinem Mochito herum. Dann blickte er Matthias an:

„Hast du dir schon mal überlegt, dass es Leute geben könnte die daran Interesse haben? Dass unsere Mails kontrolliert werden ist ja kein Geheimnis. Auch wenn man nicht darüber redet."

Er drehte sich demonstrativ um und schaute in die Runde. Dann rückte er etwas näher an Matthias heran und sagte leise:

„Man munkelt, dass sich da etwas zusammen braut. Ist dir nicht auch aufgefallen, dass man immer mehr Polizei auf den Straßen sieht, dass immer mehr Kontrollen durchgeführt werden? Ganz im Vertrauen, Freunde von mir planen möglichst schnell die Kurve zu kratzen. Es wird ihnen hier zu gefährlich. Die momentane Regierung ist verhasst, die Korruption erreicht Spitzenwerte und das Militär fühlt sich hintergangen. Über kurz oder lang wird es hier einen Putsch geben. Das heißt zwar nicht, dass dann alles besser wird, die Korruption wird auch bleiben. Nur dass das Geld von da an in andere Taschen fließt. Ist doch überall so. Die Angeschissenen sind dann die Ausländer wie wir, die hier investiert haben. Mein Partner und ich, wir sind zumindest schon dabei uns auf so einen Fall vorzubereiten. Bargeld bunkern zum Beispiel. Die Banken werden als erste dicht machen. Und dann, dann sitzen wir hier fest, vermutlich lange Zeit. Im übrigen gibt es ab dem nächsten Monat nur noch die staatliche Fluglinie. Die beiden anderen machen dicht. Dies nur so nebenbei."

Er rührte weiterhin in seinem Glas herum obwohl es nur noch eine Zitronenscheibe und ein paar Minzeblätter enthielt.

Nachdenklich fuhr Matthias wieder in sein Büro zurück, berichtete Fred von dem was gehört hatte.

„Ich werde morgen mal in unser Reisebüro gehen und mich erkundigen, ob die Neuigkeiten Einfluss auf unsere Buchungsanfragen haben könnten. Außerdem wüsste ich gerne ob man immer noch jederzeit ausreisen kann. Nach meinem Gespräch mit Tim habe ich da Bedenken."

„Ganz toller Zeitpunkt," polterte Fred.

„Jetzt sind wir mit viel Mühe soweit dass wir loslegen könnten, Buchungsanfragen sind da und dann so was.

Wieso muss immer alles schiefgehen was ich anpacke?"

„Nun mal langsam," beruhigte ihn Matthias,

„Bisher sind das alles nur vage Vermutungen, können auch nur Gerüchte sein. Aber wir sollten wachsam sein."

Am nächsten Tag ging er in das Reisebüro, bei dem sie sich schon vor längerer Zeit als zukünftige Ressortbetreiber vorgestellt hatten.

„Ich habe gehört, dass wir jetzt nur noch die staatliche Fluggesellschaft haben. Ist dass richtig? Und welche Auswirkungen hat es für uns, wenn wir Buchungsanfragen bekommen?" fragte er die Mitarbeiterin.

„Ja, das ist richtig, ab nächsten Monat. Aber die werden ihre Kapazitäten erweitern. Zwei weitere Maschinen sind schon geleast. Und auch die Preise sollen so bestehen bleiben wie bisher. Das sind zumindest meine Information."

„Das heißt also An- und Abreise sind problemlos? fragt Matthias.

„Für Touristen die ein gültiges Hin- und Rückflugticket haben ist das kein Problem. Allerdings gibt es eine Neuregelung, nach der Personen, die von hier aus ins Ausland wollen, ein Ausreisevisum brauchen. Das wird vom Außenministerium erstellt."

Matthias hakte nach:

„Ich wollte demnächst nach Australien zur Tourismusmesse. Für uns, die wir hier neu anfangen ist das eine Chance bekannt zu werden. Bekomme ich dafür so ein Visum?"

„Das dürfte kein Problem sein. Man muss halt nur begründen weshalb man fliegen will und dafür Belege vorlegen. Dabei bin ich gerne behilflich, ich brauche nur die entsprechenden Daten."

Dabei lächelte sie ihn freundlich an. Matthias verabschiedete sich ebenso freundlich. Er hatte genug erfahren. Nachdenklich stiege er wieder in sein Auto und fuhr etwas ziellos durch die Gegend. Schließlich landete er am Hafen. Das einzige Schiff, das einen regelmäßigen Dienst versah, machte sich gerade zum Ablegen bereit. An der Gangway stand jede Menge Polizei und überprüfte die Papiere. Das wurde früher sehr locker gehandhabt. Wer ankam ging in das Immigrationsbüro, bekam seinen Stempel und alles war in Ordnung. Bei der Ausreise lief es umgekehrt. Stempel holen und dann gemächlich zum Schiff gehen. Er fuhr wieder ins Büro erstattete Fred Bericht.

„Wenn ich das richtig sehe, sind wir jetzt schon quasi eingesperrt," war dessen Reaktion.

„Mit Begründung ausreisen wird also noch gehen, aber nur mit Handgepäck. Unser ganzes Eigentum dürfen wir dann hier lassen."

Der Rest des Tages verlief sehr schweigsam, jeder hing seinen Gedanken nach.

„Lass uns doch noch mal in den Hafen fahren," sagte Fred zu Matthias am nächsten Morgen.

„Ich möchte gerne wissen, ob es für den Fall der Fälle noch andere Möglichkeiten, gibt, dieses Land zu verlassen. Schließlich kommen doch jeden Tag Frachtschiffe an und laufen wieder aus. Irgendwo muss man da doch eine Passage kriegen könne, egal wohin."

Ihre Erkundungstour zeigte ihnen jedoch, dass der Bereich des Hafens in dem die Schiffe angelegten, Zollgebiet war. Ein hoher Zaun umschloss ihn, die beiden Zufahrten wurden kontrolliert. An sich nichts Ungewöhnliches, gibt es überall auf der Welt, hier war es jedoch eine Möglichkeit den gesamten Warenverkehr zu kontrollieren der ins Land kam und auch den, der es wieder verließ. Wenn man denn wollte. Und nicht nur die Waren sondern auch alle Personen. Hier also ein Schiff zu finden, dass sie und ihr Eigentum mit nehmen würde, war unwahrscheinlich. Eine offizielle Ausfuhrgenehmigung zu erhalten, ebenso. Die Fischerboote und die wenigen privaten Boote und Yachten lagen in einem separaten Hafenbecken. Dieses wurde nicht kontrolliert. Sie spazierten herum.

„Möchtest du mit diesen kleinen Kähnen über den Ozean segeln?" fragte Matthias.

„Nicht wirklich" war Freds Antwort,

„Aber schau mal den alten Kahn dort hinten."

Dort lag ein Zweimaster der einen traurigen Anblick bot. Neugierig traten sie näher. Es war wirklich ein trauriger Anblick, einzig die vielen Seevögel schienen sich für ihn zu interessieren. Das Deck sah entsprechend aus. Fred ging schweigend von vorne nach hinten.

„Das muss mal ein schönes Schiff gewesen sein," sagte er dann.

„Ein richtiger klassischer Bau, noch nicht von modernen Umbauten verdorben. Das Schiff verdient einen Liebhaber der es restauriert. Voraus gesetzt natürlich immer, dass die Substanz noch gesund ist. Es ist schließlich ein reines Holzschiff und wir sind in den Tropen. Das verträgt sich nicht immer."

„Meinst du wirklich, dass man so was wieder in Schuss kriegt? Man müsste sich das wohl mal von innen ansehen. Du bist doch Segler, du hast doch Ahnung von so was."

„Ja schon, man kann sicherlich, ist aber viel Arbeit und kostet Geld."

Er schaute Matthias verdutzt an und sagte dann:

„Nee nicht, das meinst du doch wohl nicht wirklich?"

„Wäre immerhin eine Möglichkeit, im Augenblick sogar die einzige. Lass uns doch einfach mal weitere Erkundigungen einziehen, kostet doch nichts. Ich hab einen guten Kontakt zum Hafenkapitän, kann ja mal auf einen freundschaftlichen Besuch vorbei schauen."

„Eine verrückte Idee. Aber wie du weißt liebe ich verrückte Ideen. Wie bezahlen wir so was? Unsere gesamten Mittel stecken im Ressort."

„Das Ressort ist nahezu schuldenfrei. Wir belasten es so hoch wie es nur geht. Und wenn wir weg sind, nach uns die Sintflut," antwortete Matthias ihm.

„Ok, dann versuch doch mal rauszukriegen wem der Kahn gehört. Aber vorsichtig, nicht dass uns jemand auf die Schliche kommt bevor wir überhaupt anfangen. Wir müssen noch einen Grund nennen können was wir damit anfangen wollen. Ich würde vorschlagen wir sagen es wäre eine Ergänzung zu unserem Ressort. Die Touristen lieben Segeltouren, besonders auf alten Schiffen. Wir können auch Tauchtouren anbieten, Touren zu den vorgelagerten Inseln hier. Ich finde das klingt logisch."

„Na denn," war Matthias Antwort.

Damit war das Thema erst einmal erledigt. In ihren beiden Köpfen geisterte es allerdings weiter.

Ein paar Tage später fuhr Matthias in das Hafenbüro.

„Hallo Leutnant,"

begrüßte er den Hafenkapitän. Der Hafen stand unter der Verwaltung der Marine daher auch ein Leutnant als Leiter.

Der Kapitän begrüßte ihn freundlich:

„Hallo, was machen die Aktivitäten? Seid ihr schon fertig? Wann kommen die ersten Gäste? Wir können Gäste gebrauchen, zahlungskräftige natürlich."

„Es läuft," sagt Matthias,

„wir haben schon jede Menge Buchungsanfragen. Allerdings fehlt noch ein Großteil der Einrichtung, die sind allerdings bestellt und wir brauchen sie nur noch ab zu rufen. Was uns allerdings immer wieder behindert, ganz privat unter uns, dass ist das sehr schlechte Internet. Es fällt einfach zu häufig aus, da müssen eure Leute mal was tun."

„Ich weiß, ich weiß," seufzte der Angesprochene.

„Wir haben die Beschwerden schon mehrfach weitergegeben," dabei blickte beschwörend an die Decke,

„es hat wohl auch etwas mit Politik zu tun."

Man redete über dies und das, über die Wirtschaft, kurz, worüber man halt so belanglos plaudert. Letztlich kam Matthias auf den Grund seines Besuches zu sprechen.

„Ich war vor ein paar Tagen da hinten im Hafen und hab da einen alten Segler gesehen. Ich bin selbst Segler. Es machte mich traurig als ich ihn sah. Was hat es denn mit dem Schiff auf sich?"

Der Hafenkapitän lachte.

„Du meinst die Mathilda Bolt? Ja, war früher sicher mal ein schönes Schiff. Jetzt verbringt es dort wohl seine letzten Tage, liegt dort bis es ab säuft. Habt ihr Interesse dran?"

„Wir kennen uns ja schon länger," sagte Matthias lachte ebenfalls,

„und daher weißt du, dass wir mitunter verrückte Ideen haben. Als wir davor standen haben wir uns überlegt, dass die Touristen die zu uns kommen werden, meist ganz wild darauf sind Segeltouren zu machen, insbesondere auf alten Schiffen. Vielleicht wäre das eine ganz gute Ergänzung für unser Ressort. Man muss der Konkurrenz ja immer einen Schritt voraus sein. Ist nur so eine Idee, aber anschauen würden wir uns das Schiff gerne einmal von innen. Du weißt sicher wem es gehört."

„Klar, gehört dem alten Nicolaos Panduros. Der wohnt in dem blauen Haus da hinten, kannst du von hier aus sehen."

Er wies auf ein kleines Haus direkt oberhalb des Fischereihafens.

„Der alte Nick wird euch das Schiff wahrscheinlich sogar schenken. Er hat kein Geld um es zu renovieren und irgendwann werden wir ihn auffordern müssen das Wrack zu entfernen

„Weißt du etwas mehr über das Schiff dort, Mathilda Bolt, klingt mir wie ein deutscher Name."

„Richtig, es wurde mal auf Samoa von einem deutschen Kapitän gebaut, bzw. nach seinen Plänen gebaut. Damals war Samoa ja noch deutsche Kolonie. Der ist dann viele Jahre zwischen den Inseln umhergefahren und hat Kopra aufgekauft, du weißt dieses getrocknete Kokosnußfleisch. War damals ein sehr gutes Geschäft. Als die motorgetriebenen Schiffe mehr wurden, gingen die Geschäfte schlechter, der Koprapreis verfiel außerdem. Und auf den Inseln baute man sich eigene Ölmühlen, brachte mehr Profit. Danach wechselten die Besitzer sehr häufig. Wieso Nick an das Schiff gekommen ist weiß ich nicht so genau. Er hat sich jedenfalls noch eine ganze Zeit mit Charterfahrten über Wasser gehalten. Baumaterial transportiert, teilweise Vieh und so weiter. Was halt so anlag. Dann hatte er einen Unfall, konnte lange Zeit nicht arbeiten, Das Schiff lag still und da wo er es angebunden hat, liegt es immer noch. Traurig, aber so ist das Leben eben. Geh mal zu ihm, spricht mit ihm, ist eine netter Typ. Und wenn du Hilfe brauchst, du weißt wo du mich finden kannst."

Nikolaos Panduro öffnete die Tür nur einen kleinen Spalt und musterte die beiden Männer die vor ihm standen.

„Was gibt's?"

„Hallo, bist du Nikolaos Panduro? Bist du der Eigentümer des alten Segler dort?" Damit zeigte Matthias auf das untere Ende des Hafens. Der Angesprochene nickte. Fred mischte sich ein:

„Weißt du, ich bin in meinen Jugendjahren selbst viel gesegelt, auch auf alten Schiffen. Deshalb interessieren mich natürlich solche Schiffe wie das dort drüben. Das Schiff hat doch bestimmt eine lange interessante Geschichte. Können wir uns das vielleicht sogar mal anschauen?"

Nicolaos sah etwas skeptisch aus, zögerte kurz aber sagte dann:

„Können wir tun, ich hole mir nur meine Mütze." Damit stapfte er ins Haus, kam kurz darauf wieder zurück. Er war ein Mann in einem schwer definierbaren Alter, hatte weißes Haar und einen weißen Vollbart in einem zerknitterten, wettergegerbten Gesicht. Sie folgten ihm die Pier entlang. Am Schiff angelangt sprang er behände an Deck.

„Passt auf," rief er,

„das ist hier alles ziemlich voll geschissen."

Dann langte er durch die zerbrochene Scheibe des Steuerhauses, zog einen Schlüssel heraus und schloss die Tür auf.

„Schaut euch nur um. Gibt hier keine Geheimnisse."

Damit setzte er sich auf die Reling zog sich eine Pfeife aus der Tasche, stopfte sie umständlich, zündet sie an und zog genüsslich den Rauch in sich hinein. Fred ließ sich die Einladung nicht zweimal sagen. Mit der Taschenlampe in der Hand enterte er das Steuerhaus und nach einem Rundblick stieg er runter in den Salon. Matthias folgte ihm. Schweigend inspizierten sie dem Raum, öffneten alle Schapps in der Kajüte. Dann nach hinten in den Maschinenraum. Fred grunzte nur als sich umsah, nach dem Schild mit dem Baujahr forschte. Nun nach vorne in den Laderaum. Hier waren die Wände noch unverkleidet. Fred nahm sein Taschenmesser, klappte es auf und ging von Spant zu Spant um die Spitze ins Holz zu stechen. Auch die Planken wurden auf diese Weise begutachtet. Schließlich hob er die Bodenbretter an um auch hier das Holz zu prüfen. Wasser gluckerte ihm entgegen.

„Das ist ok, ist bei Holzschiffen immer so. Macht sie letztlich aber auch dicht. Ansonsten, gesund ist die alte Dame anscheinend. Aber, viel Arbeit, viel Arbeit. Und die Maschinen? Gibt sicher Museen die sie gerne hätten."

Sie gingen Deck und setzen sich neben Nicolaos. Der zog ruhig an seiner Pfeife. Fred schaute nach oben in die Masten.

„Wie sieht's mit Segeln aus?"

„Hab zwei Sätze. Liegen bei mir Zuhause. Hier hätten die Ratten sie wohl schon aufgefressen. Die sind zwar alt aber noch brauchbar. Tauwerk ist auch noch reichlich da."

Und nach einer ganzen Weile:

„Was wollt ihr mit der Mathilda anfangen?"

„So genau wissen wir das auch noch nicht. Da müssen wir noch mal sehr genau überlegen und vor allem auch mal rechnen. Ist eine Menge Arbeit zu tun. Also wir melden uns wenn wir die Sache mal geprüft haben. Was hättest du denn so für Vorstellungen? Also, viel Geld haben wir nicht, aber wir können arbeiten."

„Ich möchte sie eigentlich nicht gerne verkaufen," sagte Nicolaos in dem er die Pfeife aus dem Mund nahm.

„Sie ist irgendwie ein Teil von mir, schließlich sind wir beide durch dick und dünn gegangen. Vielleicht können wir ja eine Übereinkunft treffen, dass ihr sie renoviert und nutzt, aber ich bleibe trotzdem der Eigentümer. Irgendwie gefällt ihr mir. Ich weiß auch nicht warum. Daher wäre ich sogar bereit sie euch kostenlos zu überlassen. Ihr müsst mir aber schwören sie ehrenvoll zu behandeln. Wenn ihr allerdings in die Gewinnzone kommt, dann möchte ich meinen Anteil haben. Und noch etwas solltet ihr bedenken, wie leben hier in einem Land in dem man an Geister glaubt. Geister sitzen überall, auf den Bergen, in den Häusern, in den Bäumen und auch in den Schiffen. Auch in Mathilda wohnt ein Geist. Den habt ihr zu respektieren. Ihr müsst ihn deshalb nicht jeden Tag anbeten, so ist es nicht gemeint, aber zum Beispiel vor einer Reise einen Blumenstrauß an den Bug zu binden, ist durchaus zu empfehlen. Dann wird euch der Geist beschützen. So habe ich es auch gemacht und bin sehr gut damit gefahren."

Die Pfeife wanderte wieder zwischen die Zähne.

„In Ordnung," sagte Fred, schaute Matthias dabei an und zwinkerte mit den Augen,

„wir denken so zwei, drei Tage nach und melden uns dann wieder. Dürfen wir zwischendurch noch mal

reinschauen? Wir wissen ja jetzt wo der Schlüssel ist."
Nikolaos nickte.

„Ich bleibe hier noch etwas sitzen. Denke an alte Zeiten."

Damit waren sie verabschiedet.

„Und, was denkst du Kumpel?" fragte Matthias als sie wieder zu ihrem Auto gingen.

„Ich denke, ich denke, das könnte was werden."

„Kannst du denn mit so einem Kahn umgehen? Du hast ja gesagt du kannst segeln."

„Da hast du nicht genau zugehört. Ich hab gesagt ich habe schon mal gesegelt und ich hatte auch schon mal ein Segelboot. Das war allerdings eine Slup von 10 m Länge. Dann bin ich mal auf einem 12 m Katamaran gesegelt. Dies hier ist allerdings eine etwas andere Nummer. Dies ist ein Schoner von 25 m Länge. Da muss man schon wissen was Sache ist. Auch braucht man dafür ein paar Leute. Sprich, wir brauchen eine Crew. Aber das kriegen wir schon hin. Ich denke Nikolaos wird uns dabei gerne behilflich sein."

Am Abend saßen Fred, Matthias und Nicol, Matthias Freundin, zusammen. Nicol hatte gekocht wie fast immer. In ihrem Geschäft war sie sonst zuständig für die Finanzen und die Termine, für Buchungen und für PR.

„Wieso muss ich eigentlich immer kochen?" sagte sie.

„Weil du als Frau dafür bestens geeignet bist," antwortete Fred.

„Und warum bin ich hier die einzige Frau? Kannst du

dich vielleicht mal umschauen dass hier noch eine zweite ins Haus kommt?"

„Wenn mal was Passendes vorbeikommt gerne", war Freds Antwort.

„Vielleicht sollte ich da mal ein bisschen nachhelfen."
Nicol ließ nicht nach, auch wenn Fred etwas genervt abwinkte.

„Ich hab da eine Bekanntschaft gemacht, die könnte für dich passen. Ich werde sie demnächst mal mitbringen."
Damit war das Thema erst einmal erledigt.

„Hast du nachgedacht?" fragte Fred als Matthias ihm am nächsten Morgen wieder gegenüber saß.

„Ja, hab ich. Irgendwie reizt mich so ein neues Abenteuer. Wenn Nicolaos uns das Schiff kostenlos zur Verfügung stellt, wenn wir bei einer Bank genügend Geld auftreiben und selbst ordentlich reinhauen, dann könnte es was werden. Sollten wir einer Bank von unserem Schiffsprojekt erzählen oder nennen wir einen anderen Grund für neue Investitionen?"

„Das können wir nicht verheimlichen. Es wird sehr schnell Gesprächsthema sein wenn wir anfangen den Schoner zu restaurieren. Dann wird sich natürlich auch unsere Bank fragen, wieso wir einen Kredit brauchen, wo wir doch gleichzeitig Geld für solche Dinge haben. Außerdem können wir denen doch das Projekt sehr schmackhaft machen. Als Sicherheit haben die ja unser Ressort. Was wichtig wäre ist eine Tilgungsstreckung, denn wir haben ja gar nicht vor den

Kredit jemals zurückzuzahlen."

„Gut, ich werde mich morgen mal erkundigen. Was ist denn überhaupt deine Meinung Fred"?

„Bin dabei," sagte er nur.

Fred war in Gedanken schon in der Planung, überlegte wo man anfangen müsste, wie man an Mitarbeiter käme und vor allem, wie lange würde das Ganze dauern. Da man nicht wusste wie sich die politischen Geschehnisse entwickeln, musste man natürlich auch auf einen plötzlichen Aufbruch vorbereitet sein. Wie sie dann überhaupt den Hafen verlassen könnten, das war eine ganz andere Frage. Darüber wollte er im Augenblick noch gar nicht nachdenken. Der Tag verging mit den üblichen Arbeiten. Schließlich war das Ressort ja immer noch im Aufbau und erforderte ihre volle Aufmerksamkeit. Am Nachmittag berichtete Matthias von seinen Gesprächen mit ihrer Hausbank. Man hatte ihm gesagt dass ein Kredit kein Problem wäre. Es müsste natürlich eine Grundschuld auf das Ressort eingetragen werden. Auch Nicol war mittlerweile in ihre Überlegungen eingeweiht und hatte zugestimmt.

Am Nachmittag sagte sie:

„ich bringe heute Abend meine Freundin Kamira mit. Wir wollen dann zusammen kochen."

Fred und Matthias schauten sich etwas sprachlos an, sagten daher auch nichts. Matthias wusste natürlich schon, dass da etwas auf ihn zu kam. Vorsichtshalber zog er sich zum Essen daher sein bestes Hemd an.

„Das ist Kamira," stellte Nicol ihre Freundin wenig

später vor.

„Sie arbeitet in dem Global-Im-Export. Wahrscheinlich seid ihr euch dort auch schon mal begegnet. Sie ist hier im Ort geboren, kennt daher natürlich auch fast jeden. Vielleicht können wir sie ja später mal in unserem Ressort gebrauchen."

Zwischen Kamira und Fred funkte es sofort, wie Nicol erfreut feststellte. So wurde es ein sehr netter Abend. Bei dem einen gemeinsamen Abend blieb es nicht. Auch fanden Fred und Kamira Gelegenheiten sich auch ohne ihre Freunde zu treffen. Kurz gesagt, ab nun waren sie zu viert.

Nicol war sehr zufrieden:

„Endlich hocke ich nicht nur mit euch Männern zusammen, hab mal jemand mit der ich über Weiberprobleme tratschen kann."

„Wir müssen Kamira mal darüber aufklären, was wir mit der Mathilda Bolt vor haben," sagte Matthias eines Tages zu Fred.

„Die hat vermutlich ohnehin schon aufgeschnappt, dass wir da Pläne haben. Auf jeden Fall müssen wir bei unserer Version mit den Ausflugfahrten vom Ressort bleiben. Wie sie reagieren wird wenn sie erfährt, dass wir auch auf eine Abreise hinarbeiten, das wissen wir nicht. Und so genau kennst du sie auch noch nicht. Sie kann uns noch sehr nützlich werden, wenn wir unser Schiff ausrüsten wollen. Sie arbeitet doch bei Global. Vergiss bei aller Zuneigung nicht unserer gemeinsames Ziel. Im übrigen finde ich sie sehr sympathisch."

„Schon klar, dass habe ich immer in meinen Kopf. Ich kann dir versichern, ich bleib bei der Stange, ob mit oder ohne Kamira."

Sie machten mit Nicolaos einen Vertrag, nach der sie die Mathilda Bolt auf unbegrenzte Zeit kostenlos nutzen konnten. Alle Kosten für Instandsetzung sowie anfallende Gebühren hätten sie zu tragen. Eine eventuelle Ausflaggung wäre möglich. Sollte das Unternehmen Gewinn abwerfen, wäre Nicolaos angemessen zu beteiligen. Sie stießen mit einem Uso an, den sie irgendwo aufgetrieben hatten. Für den alten Griechen eine freudige Überraschung. Den Rest der Flasche ließen sie zufällig auf dem Tisch stehen. Nicolaos versicherte ihnen mehrfach, dass er jederzeit mit Rat und Tat zur Verfügung stehen würde.

„Einen Rat gebe ich euch noch mit auf den Weg," sagte er zum Schluss,

„der Hafenkapitän ist sicher ein ganz netter Mensch, aber er ist ein verdammtes Schlitzohr. Ist sehr auf seinen Vorteil bedacht. Nehmt euch vor ihm in acht. Ich weiß wovon ich rede."

„Wir brauchen Leute," sagte Fred als er mit Matthias auf dem Deck der Mathilda Bolt stand.

„Alleine brauchen wir gar nicht erst anzufangen. Wir können natürlich auf die Leute zurückgreifen, die uns beim Ressort geholfen haben, so ein paar Handwerker die sich mit Booten auskennen brauchen wir aber auch. Frag doch den Nikolaos mal. Außerdem müssen wir uns bei Zeiten umschauen wer Mitglied unserer

Crew werden könnte. Das ist natürlich eine sehr sensible Sache. Ein unsicherer Kandidat und schon können wir die ganze Aktion vergessen."

„Stimmt," erwiderte Matthias,

„ich hab auch schon drüber nachgedacht. Eventuell kommt der ein oder andere in Betracht mit denen ich kürzlich im Green Mango gesprochen habe. Da waren so ein paar die auch lieber heute als morgen abhauen würden. Ich werde mal vorsichtig vorfühlen. Ein bisschen Geld sollten die natürlich auch mit einbringen."

„Gut, ich werde morgen mal mit ein paar Arbeitern anfangen und erst mal richtig aufräumen. Viel Arbeit, aber trotz allem, irgendwie freue ich mich auf die Arbeit."

„Geht mir ähnlich," sagte Matthias,

„obwohl ich immer noch mit dem Gedanken kämpfe unser mühsam aufgebautes Ressort jetzt in Stich zu lassen. Aber was soll's, geht wohl nicht anders."

Eines Tages kam Kamira zur Verwunderung von Fred früher als sonst zum Schiff. Die stieg wortlos an Bord und fiel Fred schluchzend um den Hals.

„Was ist los," fragte er erschrocken.

„Man hat mich entlassen, mich und noch einige andere. Die Geschäfte gingen so schlecht zur Zeit, war die Begründung."

„Aber die können dich doch nicht von heute auf morgen so einfach entlassen? Da gibt's doch sicher Kündigungsfristen die sie einhalten müssen."

„Die gibt es schon, aber wie soll ich die durchsetzen?

Soll ich dagegen klagen? Einmal werde ich kaum einen Anwalt finden, der mich gegen Global vertritt und zum anderen will der erst mal Geld sehen. Und das habe ich nicht. So etwas kann ich ganz einfach vergessen. Und das weiß auch meine Firma. Was mach ich jetzt bloß? Einen neuen Job kriege ich so schnell nicht und finanzielle Verpflichtungen habe ich auch."

„Also darüber macht dir erst mal keine Gedanken. Schließlich bin ich noch da und meine Freunde auch. Wir werden dir schon beistehen. Du weißt ich mag dich sehr gerne und ich werde dir schon helfen. Lass uns das heute Abend mal gemeinsam besprechen. Und jetzt beruhige dich erst mal."

Am Abend beim gemeinsamen Essen war dann Gelegenheit die Sache gemeinsam in Ruhe zu bereden. Fred machte den Vorschlag, dass Kamira mit in seine Wohnung ziehen sollte. Das würde erst einmal Geld sparen. Zum Anderen könnte sie bei der Renovierung des Schiffes beschäftigt werden. Kamira war immer noch aufgewühlt.

„Am liebsten würde ich dieses Land ganz verlassen," sagte sie.

„Nach Australien gehen oder so, da habe ich sicherlich viel bessere Chancen."

„Und ich?" sagte Fred,

„willst du ohne mich nach Australien gehen? Ich hatte eigentlich die Vorstellung, dass wir zusammen bleiben, gerne auch für immer."

„Ich doch auch," schluchzt sie.

Fred warf Matthias einen fragenden Blick zu. Dieser nickte kaum bemerkbar.

„Wenn du wirklich mit mir zusammen bleiben willst, dann werde ich dir jetzt einmal unsere Pläne erzählen. Aber darüber darfst du mit niemandem ein Wort reden. Wirklich mit niemandem."

Kamira nickte.

„Wir renovieren die Mathilda Bold nicht um damit Chartertouren zu machen. Wir renovieren sie, um dieses Land zu gegebener Zeit verlassen zu können. Wir können zwar jederzeit ausreisen, aber nur mit unserem Handgepäck. Alles andere müssen wir zurücklassen, auch unsere Konten. Wir stecken jetzt unser ganzes Geld in die Renovierung des Schiffes um später wieder Kapital zu haben. Unser neues Ressort, das wir aufgeben müssen, haben wir so hoch wie möglich belastet. Damit kann sich unsere Bank dann später befassen. Wir brauchen noch ein paar Leute die mit uns kommen. Du bist uns herzlich willkommen. Dann werden wir beide gemeinsam in einem anderen Land wieder neu anfangen. Lass dir das mal durch den Kopf gehen."

„Da brauche ich nicht lange zu überlegen," sagte sie und fiel Fred um den Hals.

„Ich bin mit Begeisterung dabei und auf mich könnt ihr euch verlassen. Vielleicht kann ich sogar bei der Beschaffung von Proviant behilflich sein. Ich habe noch einige freundschaftliche Kontakte mit meinen Kollegen bei Global. So kann ich mich immerhin nützlich machen."

„Du solltest bei Gelegenheit schon mal versuchen einen Reisepass zu bekommen," meldete sich Matthias.

„Als Begründung könntest du sagen, du arbeitest jetzt für unser Ressort und wir möchten mit dir zur Tourismusmesse nach Australien. Wenn sie das schriftlich wollen, können sie es gerne kriegen."

„Ich hab vielleicht jemanden gefunden der unseren Motor überholen kann," Matthias kam ganz begeistert ins Büro.

„Der repariert hier Traktoren und alte Landrover. Hat also Ahnung von Dieselmotoren. Er war allerdings noch nie auf einem Schiff."

„Und du meinst, das ist der Richtige?" fragte Fred skeptisch.

„Keine Ahnung, aber lass ihn doch mal gucken. Dann werden wir sehen was er für einen Eindruck macht, ob er was von der Materie versteht."

Am nächsten Tag hielt ein alter Landrover an der Pier. Es war ein sehr alter, fast hätte man glauben können er wäre im selben Jahr entstanden wie die Mathilda Bolt. Ein stark gebauter Mann stieg aus und sprang behände an Bord. Er trug einen Overall, der aus sah als wenn sein Träger sich intensiv mit seiner Arbeit beschäftigen würde. Er begrüßte Matthias und fragte dann gleich:

„Wie kommt man an die Maschine ran?"

Matthias zeigte auf die Luke im Achterdeck, die er zu diesem Zweck geöffnet hatte. Allerdings hatte er beim

Anblick des Monteurs Zweifel, dass dieser hindurch passen würde. Der jedoch ging ohne zu zögern darauf zu und nach ein paar Drehungen war er drin verschwunden. Neugierig stieg Matthias ihm nach und beobachtete ihn. Der Monteur nahm seine Taschenlampe leuchtete in jede Ecke, schraubte hier und da etwas auf, drehte an der Kurbelwelle und horchte auf das Geräusch der Kolben. Matthias zog sich zurück und ließ ihn machen. Als er sich nach einer ganzen Weile wieder aus der Luke zwängte und seine Finger im Overall abwischte, sagte er:

„Ist ein Diesel wie alle die ich kenne, nur ein bisschen größer. Wenn ich ihn mal gründlich sauber mache, ein paar Teile ersetze, dann sollte er wieder laufen. Diese alten Dinger sind nahezu unverwüstlich."

Dabei zeigte er auf seinen alten Landrover und lachte.

„Wenn ihr wollt kann ich morgen anfangen."

Matthias wollte. Sie sprachen kurz über die Bezahlung, sie schien ihm angemessen. Auch Nikolaos hatte ihnen noch zwei Leute empfohlen, die sich mit Bootsbau aus kannten. Somit hatten sie für den Anfang genug Leute zur Verfügung.

„Du solltest heute Abend mal mit in den Green Mango kommen," sagte Matthias zu Fred, als sie gerade Feierabend gemacht hatten.

„Ich habe Kontakt zu ein paar Leuten, die für uns geeignet sein könnten. Die sind auch hierher gekommen um etwas aufzubauen und dann an der hiesigen Bürokratie und der Korruption gescheitert. Die würden auch lieber heute als morgen abbauen. Sind so in unserem Alter. Ich hab den Eindruck, es könnte passen. Fühlen wir Ihnen mal gemeinsam vorsichtig auf den Zahn."

„Das ist mein Freund Fred," sagte Matthias als sie abends gemeinsam in die Bar kamen.

„Das hier ist Greg und seine Freundin Joan und dort sitzen Nick und Miriam," stellte er seine Bekanntschaften vor.

„Greg und Joan sind in Singapur zu Hause, Nick und Miriam kommen aus England. Sind alle so etwa sechs Monate hier im Lande. Mehr oder weniger glücklich."

„Das ist ja schon ein gutes Stichwort," lachte Fred.

„Gibt Gesprächsstoff für den ganzen Abend, oder?"

„Wenn du wissen möchtest was uns hier missfällt, dann kann ich schon so einige Dinge aufzählen. Aber lass uns doch dazu dort hinten in die Ecke gehen. Es muss nicht jeder alles mitbekommen," antwortete Greg.

Damit blickte er vielsagend in die Runde. Sie nahmen ihre Getränke und setzen sich etwas abseits.

„Ich habe das Gefühl, dass kritische Äußerung nicht so gerne gesehen werden. Wenn wir Ausländer das machen kann es durchaus zu unserem Nachteil ausgelegt werden. Die politischen Verhältnisse sind hier schon sehr instabil. Wir vier haben uns erst hier kennengelernt. Wir hatten alle die gleiche Idee, wollten uns im Tourismus engagieren. Nun, lassen wir die Einzelheiten erst mal weg, verzweifelt sind wir letztlich an der übermäßigen Bürokratie und daran das jeder käuflich ist beziehungsweise sich gerne kaufen lassen möchte."

„Das ist uns nicht unbekannt," erwiderte Fred.

„Wir haben uns anfänglich auch sehr schwer getan damit. Letztlich haben wir immer Kosten und Nutzen gegeneinander aufgerechnet. Wenn es zu unserem Vorteil war und die Gesamtkosten günstig, dann haben wir auch Schmiergeld bezahlt. Unser Ressort ist nahezu fertig und jetzt haben wir noch das Projekt Mathilda Bold angepackt. Bis zum Saisonbeginn ist ja noch etwas Zeit. Wir denken so ein Segelschiff wäre eine ganz gute Ergänzung für unser Projekt. Wenn ihr Lust habt kommt doch mal vorbei und schaut es euch an. Ist allerdings noch lange nicht fertig."

„Gerne," sagte Nick.

„So ein Boot interessiert mich sehr, früher habe ich selbst mal gesegelt. Also wenn ihr mal Hilfe braucht, kann ich auch mit anpacken. Und wenn ihr auf Tour geht natürlich ganz besonders," fügte er lachend hinzu.

So verlief der Abend ganz harmonisch und man verabredete sich für den nächsten Tag auf dem Boot. Fred und Matthias fanden gemeinsam, dass die neue Bekanntschaft durchaus für ihr Vorhaben geeignet schien. Allerdings wollten sie den eigentlichen Zweck der Bootsrenovierung bis nach den ersten Testfahrten noch nicht verraten.

Am nächsten Morgen standen die vier erwartungsvoll auf der Pier. Nach einem ausführlichen Rundgang fragten sie gleich wo man denn heute mit anpacken könnte.

„Viel Geld haben wir nicht," sagte Greg,

„aber arbeiten können wir schon. Und Zeit haben wir mehr als genug. Unsere eigentlichen Pläne liegen ja erst mal auf Eis und da werden sie wohl noch ziemlich lange liegen."

Am Abend sagte Fred zu Matthias:

„Du hast recht, ich denke wir passen alle ganz gut zusammen. Vielleicht haben wir unsere Crew jetzt schon gefunden. Aber trotzdem sollten wir noch etwas vorsichtig sein."

„Sollten wir," stimmte ihm Matthias zu.

„Im Augenblick hoffen unsere neuen Freunde natürlich auf ein paar nette Segeltouren. Die können Sie auch haben. Im Übrigen habe ich da so eine Idee wie wir uns aus dem Lande mogeln können, wenn die Zeit dafür reif ist. Ich muss in den nächsten Tagen ohnehin mit dem Hafenkapitän sprechen und uns die Genehmigung für ein paar Probetouren einholen. Wie wär's wenn wir ihn zu unserer ersten offiziellen Fahrt einladen. Ich habe sogar daran gedacht ihm zu überlassen, wen er dazu einladen möchte. Wir werden dann eine Tour zur vorgelagerten Insel machen, dort ankern, eine große Party geben, mit Liveband, Grillfeuer und Übernachtung am Strand. Dazu natürlich jede Menge Alkohol, wirklich jede Menge, ich möchte sie alle besoffen haben. Dann gehen wir zu nächtlicher Stunde an Bord, lichten den Anker, setzen Segel und verschwinden lautlos in der Dunkelheit.

Die Leute, die uns gefährlich werden könnten, die hat er sicherlich alle eingeladen. Insofern wird uns auch keiner verfolgen. Unsere gesamte Ausrüstung muss natürlich schon an Bord sein wenn wir zu der Party aufbrechen. Was hältst du davon?"

„Ja, könnte gehen. Allerdings müssen wir das sehr genau vorher durchplanen. Wir sollten uns das noch etwas durch den Kopf gehen lassen. Aber du kannst dem Hafenkapitän ja schon mal so eine Andeutung machen. Vielleicht sogar mal andeuten, dass wir ihn bei unseren geplanten Chartertouren mit beschäftigen wollen. Vielleicht so als Proviantmeister. Da wird er sich alle Möglichkeiten ausrechnen, uns übers Ohr zu hauen um ordentlich Kasse zu machen. Das macht in zugänglicher. Denk dran was Nikolaos gesagt hat."

Die Arbeiten schritten gut voran. Auch Nikolaos schaute häufig vorbei und gab Ratschläge. Die Segel hatte er schon hervorgeholt, hinter seinem Haus ausgebreitet und durchgesehen, hier und da etwas repariert. Man hatte beschlossen beim Innenausbau nur das unbedingt Erforderliche zu machen. Einmal um mit den verfügbaren Geldmittel auszukommen, zum Anderen um Zeit zu sparen. Insofern waren es keine gemütlichen Kajüten die eingerichtet wurden, sondern mehr oder weniger Verschläge mit Schlafkojen. Bald deutete sich an, dass sie sich nach einem Slip umsehen mussten um das Boot aus dem Wasser zu holen. Um das Unterwasserschiff zu reinigen, zu präparieren und mit einem neuen Anstrich zu versehen. Auch da wusste Nikolaos Rat. Das Aufslippen würde zwar teuer werden aber es war unvermeidlich. Wie Matthias bei einem Tauchgang festgestellt hatte, waren die Algenfäden schon mehr als einen Meter lang und dazwischen hatten sich jede Menge Muscheln und Seepocken angesiedelt. Klar, das Schiff lag seit mehreren Jahren unbeweglich an dieser Stelle. Es bedurfte also nicht nur einer Reinigung, sondern auch eines neuen Unterwasseranstriches..

Die Fahrt quer über die Bucht zu der dortigen kleinen Werft war das erste Mal, dass sie die Mathilda Bold bewegten. Somit auch eine gute Gelegenheit, den überholten Motor zu testen. Aufregend für alle acht der neu gebildeten Besatzung und natürlich auch für Nikolaos. Er wollte unbedingt dabei sein. Nun, es verlief alles zufriedenstellend. Auch der alte Motor tat seinen Dienst, so als wenn er nie stillgestanden hätte. Sie mussten dem Monteur Recht geben, so eine alte Maschine ist nahezu unverwüstlich.

Nach dem Aufslippen Reinigung mit Hochdruck-Wasserstrahl. Es gab wenig Stellen an denen nachgearbeitet werden musste. Hier und da etwas kalfatern und dann trocknen lassen. Vorher hatten sie lange diskutiert, wie sie das Unterwasserschiff behandeln sollten. Auf die klassische Weise mit Teer, mit einem modernen Antifoulinganstrich oder gar mit einer Kunststoffbeschichtung. Letztlich entschied man sich für den der Teeranstrich. Einmal weil es die klassische Weise war und nicht zuletzt wegen der wesentlich geringeren Kosten. Dafür war es eine sehr unangenehme und schmierige Arbeit. Natürlich wurde bei dieser Gelegenheit auch gleich der restliche Teil des Rumpfes gestrichen. Nach zwei weiteren Tagen Trocknung, dann wieder ab in das gewohnte Element. Nikolaos fragte schon an, wann man denn die Segel abholen würde.

Sie staunten nicht schlecht als sie den riesigen Berg an Segeltuch sahen. Auch das Gewicht war beachtlich. Heute werden die Segel aus leichten Kunstfasern hergestellt, diese jedoch waren noch aus Leinen gemacht und speziell präpariert. Das würde auch die Arbeit beim Segelsetzen nicht unbedingt einfacher machen. Egal, für neue Segel war kein Geld da und auch keine Zeit. Sie suchten den besten Satz raus, der Rest wurde im Vorschiff verstaut. Für eine ausgeglichene Lage im Wasser war es ohnehin erforderlich, mehr Gewicht in des Vorschiff zu bekommen. Schließlich fuhren sie ohne Ladung.

„Ich habe früher immer Ziegelsteine als Ballast geladen," sagte Nikolaos, als sie in danach fragten.

„Die konnte ich dann auf den Inseln auch noch mit Gewinn verkaufen. Ihr solltet einfach eine Fuhre Felsbrocken kommen lassen und die unter den Bodenbrettern verstauen. Aber dann so sichern, dass sie nicht verrutschen können. Könnten bei Sturm sonst Probleme machen."

Das Aufriggen war eine komplizierte Sache. Die Segel an zu schlagen, Taue in Blöcke ein zu scheren, Fallen in der richtigen Weise zu installieren, war für einen

Nichtfachmann kaum zu bewältigen. Da war Nikolaos in seinem Element, gab Anweisungen korrigierte Fehler, packt selber mit an. Man kann ruhig sagen, er scheuchte die ganze sich neu etablieren Crew. Aber die machte alles widerspruchslos mit. Und nach wenigen Tagen sah das Boot schon wie ein richtiger Schoner aus. Klar zum Auslaufen. Soweit war es allerdings noch nicht.

„Ich hab schon mal angefangen eine Liste aufzustellen mit den Sachen die wir für unsere Tour noch brauchen. Wir sollten frühzeitig damit anfangen damit es nicht auffällt. Ich denke da so an Proviant für zwei Monate und das für acht Personen. Dass was wir für die Party brauchen außerdem. Aber das sollten wir ruhig für alle sichtbar einladen. Ich werde Kamira demnächst mal sagen was sie so gelegentlich besorgen kann. Wenn irgendwie möglich kaufen wir alles auf Rechnung oder noch besser auf Kredit. Wir können ja immer mit den guten Geschäften bei unseren Chartertouren winken. Immer in der Hoffnung, das Bezahlen können wir vergessen."

Der Hafenkapitän empfing Matthias bei seinem nächsten Besuch mit auf auffallender Freundlichkeit.
„Wie ich sehe mein Freund, seid ihr schon dabei die Segel anzuschlagen. Ist alles soweit fertig?"
„Ja, wir sind fast fertig," antwortete Matthias.
„Deshalb bin ich auch hier um dich zu fragen, ob es irgendwelche Einwände gibt, in den nächsten Tagen

ein paar Probetouren zu machen. Es gibt da natürlich noch viele Dinge die wir ausprobieren und einstellen müssen. Auch unsere neue Crew muss sich erst an das Boot gewöhnen. Brauchen wir dafür noch irgendwelche Genehmigungen und wenn ja von welchem Amt? Wir wollen natürlich nichts verkehrt machen."

„Nein, nein, das geht schon in Ordnung Hauptsache ich weiß Bescheid. Und wenn ich noch irgendwie behilflich sein könnte lasst es mich wissen."

Matthias war sehr bemüht die freundlich Atmosphäre auszunutzen.

„Weißt du, wir haben gedacht wenn alles fertig ist und die Crew das Schiff im Griff hat, dann wollen wir eine offizielle Eröffnungsfahrt machen. Wir hoffen natürlich das du auch dabei sein wird. Dazu lade ich dich jetzt schon herzlich ein. Und nicht nur das. Wir möchten dich bitten die Gäste für diese Tour für uns auszusuchen. Wir dachten da so an etwa 20 Leute. Es gibt da sicherlich einige, die wir nicht übersehen dürfen und auch einige die uns später mal von Nutzen sein könnten. Du verstehst was ich meine?"

„Das ist natürlich eine große Ehre für mich," antwortete der Hafenkapitän lachend, sichtlich geschmeichelt.

„Ja, da gibt es schon ein paar Leute die wir bedenken sollten. Was habt ihr euch denn für ein Programm ausgedacht?"

„Wir dachten nach der offiziellen Begrüßung eine Fahrt durch die Bucht zu machen und dann später an der vorgelagerten Insel vor Anker zu gehen. Dort werden wir dann an Land eine große Grillparty veranstalten. Es wird dort auch eine Lifeband spielen. Für Getränke wird natürlich auch ausreichend gesorgt. Wir werden dann dort übernachten und nach dem Frühstück wieder in den Hafen zurückkehren. An ein kleines Feuerwerk zum Schluss haben wir auch schon gedacht. Was hältst du davon?"

„Hört sich gut an, ich werde mal überlegen, wen wir dazu bitten sollten."

„Wir haben auch schon überlegt, wie wir dich vielleicht mit in unsere Chartertouren einbinden könnten," sagte Matthias."

„Wir hatten daran gedacht vielleicht die Proviantbestellung einschließlich der Getränke mit deiner Hilfe ein zu kaufen. Du hast da sicherlich ganz gute Kontakte. Wie wär's, Interesse?"

Der Kapitän strahlte, sicher dachte er daran wie er dabei seinen Profit dabei .machen könnte.

Die erste Testfahrt stand an. Matthias fragte die vier neuen Freunde ob sie dabei wären. Die Antwort war:

„Aber natürlich, wir fühlen uns schon als Teil eurer Crew."

Und natürlich war Nicolaos mit von der Partie. Er war sogar der wichtigste Mann an Deck. An- und Ablegen mit Motorkraft hatten sie ja schon trainiert, als sie zur Werft fuhren. Jetzt galt es jedoch die Segel zu setzen und zu bedienen. Nicolaos gab die Kommandos, er war schließlich der einzige, der wusste wie es geht, der Erfahrungen hatte. Und so ließ er wieder und wieder alle Segelmanöver trainieren. Als sie wieder an der Pier angelegten, waren sie allesamt erschöpft.

„Wie ist deine Meinung?" fragte Fred Matthias am Abend.

„Ist das eine Crew mit der wir Größeres wagen könnten? Insbesondere wie ist dein Eindruck von den Neuen?"

„Ich denke die sind gut geeignet," antwortete Matthias.

„und auch die beiden Mädels passen ins Team. Etwas trainieren müssen wir allerdings alle noch. Da waren schon noch einige Dinge die nicht passten. Aber das wird schon. Meinst du wir sollten die vier aufklären?"

„Wir müssen," sagte Fred,

„die müssen sich schließlich auch noch etwas vorbereiten, Bankkonten auflösen, Bargeld besorgen, packen was man mitnehmen möchte usw.. Außerdem müssen wir den bereits gekauften Proviant an Bord verstauen und spätestens dann werden sie uns Fragen stellen. Laden wir sie doch morgen einfach mal zum Abendessen ein und besprechen alles."

Matthias war einverstanden.

Nachdem man gemeinsam gekocht und gegessen hatte und zum gemütlichen Teil überging schaute Fred den Matthias an und Matthias schaute Fred an.

„Ok, dann ist es also an mir euch mal den wahren Grund unserer momentanen Tätigkeit zu erläutern," begann Matthias.

„Ihr habt uns ja schon berichtet, dass ihr lieber heute als morgen dieses Land wieder verlassen möchtet. Uns geht es nicht viel anders. Über die Gründe brauchen wir nicht zu reden, die sind uns allen nur zu gut bekannt. Wir wissen auch alle, dass wir zwar ausreisen könnten, aber unsere gesamte Habe können wir nicht mitnehmen. Nun, um es kurz zu machen, der Plan hier Chartertouren zu unternehmen ist nur vorgeschoben. Wir renovieren das Schiff und rüsten es aus, nur um zu gegebener Zeit die Kurve zu kratzen. Unsere gesamte Planung geht in diese Richtung. Wir haben festgestellt, dass euch das Segeln Spaß macht, haben festgestellt, dass wir alle ganz gut zusammenpassen. Deshalb die Frage, macht ihr mit?" Er blickte in die Runde und wartete auf Reaktionen.

„Nun wird mir einiges klar," sagte Greg.

„Über so ein paar Dinge habe ich mich schon etwas gewundert, vor allem darüber, dass das Ganze wirtschaftlich sein sollte."

Er schaute seine Freundin Joan an:

„Sag du was."

„Ich war es doch die immer gesagt hat, lasst uns wieder abhauen," antwortete sie.

„Deshalb, keine Frage, ich bin dabei."

„Dann sind wir also sechs," sagte Greg und schaute Nick und Miriam an. Die sagten beide spontan:

„Nein, wir sind acht."

„Gut, da sind wir uns im Prinzip ja einig," erklärt Fred,

„Willkommen im Team. Wir freuen uns, dass ihr dabei seid. Ein paar Dinge sollten wir noch vorab klären. Die Finanzierung dieser ganzen Aktion ist ein

Balanceakt. Wir haben unser Ressort so hoch verschuldet wie nur möglich. Es kostet alles ziemlich viel Geld. Deshalb muss ich euch einfach fragen, wie viel ihr dazu beitragen könnt. Alles was mit dem Boot zu tun hat, die Instandsetzung zum Beispiel, geht auf Konto von Matthias und mir. Wir wären deshalb sehr erfreut wenn ihr euren Beitrag zu Proviant und Treibstoff leisten könntet. Überlegt mal was dabei möglich ist. Was wir später mit dem Boot machen wissen wir noch nicht, aber das ist dann ausschließlich unsere Sache."

„Natürlich beteiligen wir uns," sagte Nick,

„wir müssen mal einen Kassensturz machen. Aber wohin wollt ihr überhaupt fahren? Eine lange Tour wird es wohl mit Sicherheit?"

„Bisher haben wir noch kein festes Ziel ins Auge gefasst, hat jemand einen Vorschlag?"

„Wie wär's mit Singapur?" war Gregs spontaner Vorschlag.

„Ich bin Bürger von Singapur, habe natürlich auch einige Kontakte dort, könnte uns von Nutzen sein."

„Gute Idee, nehmen wir das doch erst mal als Ziel. Wir haben bisher mit einer Reisedauer von zwei Monaten gerechnet. Dafür müssen wir Proviant und Wasser bunkern. Aber das Wichtigste von Allem, redet mit niemand drüber, wirklich mit niemanden. Wir können hier keinen Leuten trauen und Polizei und Militär hat seine Spione überall. Seht zu, dass ihr unauffällig zu Bargeld kommt. Möglichst Dollar. Eure Konten solltet ihr nicht auflösen, dann würde man fragen warum.

Allerdings dürft ihr sie gerne so hoch wie möglich überziehen. Ob man Kredite jemals zurück zahlen muss, sei dahingestellt. Wir haben es jedenfalls nicht vor. Ach Matthias, mach doch mal eine Flasche auf, darauf müssen wir anstoßen. Und dann müssen wir etwas die Aufgaben verteilen."

Nachdem man sich zu prostet hatte, erläuterte Fred wie man sich die Flucht vorgestellt hatte. Und danach: „Matthias und ich werden uns weiter um das Boot kümmern und alles was damit zusammenhängt, einschließlich der Kontaktpflege und der Einladungen. Ihr Vier dürft euch um die Organisation der Party kümmern. Es gibt hier so einen Partyservice im Ort. Prüft das doch mal und lasst euch Angebote geben. Am Besten für ein komplettes Paket mit Musikband, Grill, Buffet, Tisch und Stühle sowie Zelte und Liegen für die Übernachtungen. Es muss auch alles dahin geschafft werden, auf die Insel. Bei unserer Tour morgen werden wir dort mal vor Anker gehen und das Gelände erkunden. Da ist noch viel zu tun. Das muss wirklich alles klappen. Wenn was schief geht, haben wir echte Probleme."

Es wurde sehr spät in dieser Nacht, denn es gab noch sehr viel zu bereden.

Sie hatten schon seit einiger Zeit von verschiedenen Läden Proviant eingekauft und auf dem Schiff verstaut. Proviant und Getränke für acht Personen und das für zwei Monate. Es war eine riesige Menge. Treibstoff- und Wassertanks waren gefüllt. Jetzt kamen noch die Getränke dazu, die man für die Party gebrauchen würde. Der Hafenkapitän hatte ihnen eine Liste gegeben mit den Leuten, die er eingeladen hatte. Vornehmlich wohl Leute aus der Stadtverwaltung, der Hafenbehörde und dem Zoll. Ein Vertreter der Tourismus Agentur war auch dabei, sowie der örtliche Chef der staatlichen Fluglinie. Leute aus den Ministerien konnte Fred auf der Liste nicht erkennen. Nun, es war ihnen ohnehin egal wer eingeladen wurde.

Kamira hat sich schon umgehört wie man am günstigsten zu Spirituosen, zu Wein und Champagner, kommen könnte, da meldete sich der Hafenkapitän bei Fred.

„Ihr braucht doch sicher jede Menge Getränke," fragte er.

„Vielleicht kann ich euch dabei behilflich sein. Wir haben hier in unserem Lager ganze Partien Alkohol die wir beschlagnahmt haben, Schmuggel und so, davon könnten wir sicherlich das ein oder andere abzweigen. Natürlich zu einem sehr guten Kurs, steuerfreie ohnehin," er lachte kurz.

„Sagt mir mal was ihr braucht."

Fred besprach sich mit Matthias:

„Was hältst du davon? Illegal ist es alle Mal, muss uns das stören?"

„Warum soll uns das stören? Nach uns die Sintflut. Der will aber sicherlich Cash haben. Versuch mal Aufschub bis nach der Party zu bekommen und stell eine Liste zusammen, die können wir ihm dann geben. Ich denke mit seiner Hilfe wird das alles sehr problemlos ablaufen."

Dass tat es auch, ein Lieferwagen brachte eine riesige Menge Kartons.

„Reicht bis nach sonst wo hin," murmelte Nick und verstaute einen großen Teil davon im unteren Teil des Schiffes.

Sie hatten die Mathilda Bolt über die Toppen geflaggt, man wollte schließlich Eindruck schinden. Fred hatte Kamira beauftragt einen Blumenstrauß zu besorgen. Als sie damit erschien kletterte Fred auf den Klüverbaum und band den Strauß daran fest. Kamira sah es mit Erstaunen.

„Warum machst du das?"

„Ich bezeuge damit Respekt für den Geist unseres Schiffes und bitte um seine Hilfe bei unserem Vorhaben."

„Ich wusste gar nicht, dass du an Geister glaubst."

„Tue ich eigentlich auch nicht aber Nikolaos hat mir gesagt dass auf diesem Schiff ein Geist wohnt und ich soll ihn mit Respekt behandeln. Das tue ich hiermit, denn wir können jede Unterstützung gebrauchen. Ob es nützt weiß ich nicht, aber schaden tut es auf keinen Fall."

Nick kam zu Fred und sagte:

„Der Partyservice funktioniert anscheinend ganz gut. Das sind junge Leute die gerade erst anfangen. So einen Riesenauftrag hatten sie noch nie. Die liefern zwar auch auf Rechnung, aber ich fände es unfair wenn wir sie hängen lassen. Dann sind die pleite. Wir sollten Ihnen zumindest eine anständige Abschlagszahlung geben."

„Einverstanden," antwortete Fred,

„regelt es mal mit Nicol, die verwaltet hier die Finanzen.

Es war alles bereit zum Empfang der Gäste. Die Hälfte der Crew stand vor dem Schiff auf der Pier, bereit die Ankommenden mit einem Glas Sekt zu begrüßen.

Der Partyservice war schon seit dem frühen Morgen tätig. Er hatte die gesamte Ausrüstung auf die Insel gebracht und eingerichtet. Greg hatte sich selbst davon überzeugt. Das Personal sollte nach dem Essen wieder abgeholt werden, bis auf die Band natürlich. Die würde dort übernachten, da man nicht wusste wie spät es würde. Den Getränkeservice würde dann die Crew übernehmen.

Der Hafenkapitän erschien als Erster, weit vor der abgemachten Zeit. Mit den Worten:

„Ich denke es ist gut wenn ich euch die Gäste vorstellen kann,"

ergriff er ein Champagnerglas, kippte den Inhalt in sich hinein und ließ gleich wieder nach füllen. Gut so, dachte Matthias, sauf nur, möglichst viel, nur deshalb bist du hier an Bord. Dann sagte er:

„Ich denke wir setzen dich als Empfangschef ein. Du bist der Einzige der weiß wer eingeladen wurde, wer an Bord darf."

Ein Gast nach dem anderen fuhr vor, wurden von Fred und dem Hafenkapitän mit einem Glas Champagne begrüßt und begab sich an Bord. Der Vertreter der Tourismusbehörde ging gleich auf Matthias zu mit den Worten:

„Mein Name ist Peter. Schön dich zu sehen. Wir werden ja in Zukunft häufiger miteinander zu tun haben."

Auch der Vertreter der Luftfahrtbehörde gesellte sich gleich dazu:

„Wir wahrscheinlich auch. Denn ohne Flugzeug ist dieses Land nur schwer zu erreichen."

Nach einem langen Blick über das Schiff sagte er:

„Also, die schnelleren Geräte haben wir natürlich, aber ich muss neidvoll zugestehen, ihr habt das schönere. Ich liebe solche alten Schiffe und hoffe, dass wir in Zukunft Gelegenheit haben werden, mal eine schöne Tour zu unternehmen."

Die anderen Gäste nickten meist nur freundlich blieben aber unter sich.

Als sie Segel gesetzt hatten und langsam aus der Bucht fuhren, sah Fred, dass Nikolaos vor seinem Haus stand und winkte. Wie ein Winken zum Abschied, dachte Fred. Man hatte auch ihn zu der Party eingeladen, aber Nikolaos hatte abgelehnt mit den Worten:

„Nichts für mich, ich mag nicht wenn so viele Leute auf meinem Schiff herum trampeln."

Sie fuhren aus der Bucht heraus und machten einen weiten Bogen über den freien Ozean. Es wehte ein frischer Wind und die Mathilda Bold machte gute Fahrt.

Es schien allen zu gefallen. Dann steuerten sie die Bucht an. Wo zu ihrer Ankunft schon die Band spielte. Es klappt anscheinend alles. Fred war zufrieden, nur das Motorboot der Marine mit den drei Soldaten störte ihn. Er wusste auch nicht wer die geordert hatte. Man müsste überlegen wie man sie beizeiten wieder loswerden werden könnte. Nachdem der Anker gefallen war, bargen sie die Segel bis auf den Besan und die Fock.

„Die lassen wir stehen, dann liegt das Schiff besser und ruhiger im Wind," erklärte Fred den Gästen."

Mit ihrem Beiboot und auch mit der Hilfe des Marinebootes fuhren sie die Gäste an den Strand. Die Kochbrigade stand erwartungsvoll und Taten durstig hinter dem Grill und dem Tresen, die Band spielte und die Gäste suchten sich einen Platz in der ihnen genehmen Nachbarschaft. Dann hielt Fred eine kurze Begrüßungsansprache:

„Ich möchte sie alle zu unserer Eröffnungstour herzlich begrüßen. Wie Sie sehen ist alles bereit, Ihnen einen angenehm und fröhlichen Aufenthalt zu ermöglichen. Dort im Hintergrund sehen Sie einige Zelte stehen, in denen wir heute übernachten werden. Wir haben keine Zimmernummern vergeben, da wir der Meinung sind, dass wird sich im Laufe des Abends schon von selbst regeln. Die Küchenbrigade wird morgen früh wieder erscheinen um uns ein Frühstück zu bereiten, bevor wir wieder an Bord gehen. Dort ganz hinten sehen Sie noch ein kleines Zelt, das ist für besondere Gelegenheiten gedacht. Falls Sie besondere

Wünsche haben, lassen Sie es mich und meine Crew wissen. Wir möchten, dass Sie sich hier bei uns wohl fühlen. Auf ihr Wohl."

Es lief alles nach Plan. Die Gäste unterhielten sich anscheinend entspannt und vergnüglich, so wie es auf einer Eröffnungsparty sein sollte. Nach dem Essen packte die Küchenbrigade zusammen und wurde mit einem Boot abgeholt. Fred und Matthias gingen umher und plauderten zwanglos mit dem Einen oder dem Anderen. Mittlerweile war es dunkel geworden. Nick und Greg hatten ein Lagerfeuer entzündet um das man sich versammelte. Und es wurde fleißig getrunken. Die Mädels der Crew gingen umher und schenkten ständig nach. Manch einer verzog sich still und leise in die aufgestellten Zelte.

Zu später Stunde suchte Fred am Strand nach seinen Leuten. Er traf Nick.

„Wo sind die anderen?"

„Die Mädels und Greg sind schon an Bord, Matthias wartet unten bei unserem Beiboot. Ist alles soweit klar. Wenn wir hier ablegen gebe ich drei kurze Blinks. Dann setzen sie schon das Großsegel."

„Ist an Bord sonst alles ok? Habt ihr alles überprüft?"

„Ist alles klar."

Fred schaute sich um und sagte dann zu Nick:

„Das Motorboot der Marine dort macht mir Sorgen. Die könnten uns damit verfolgen und problemlos einholen wenn sie merken dass etwas faul ist."

„Ich glaube nicht," knurrte Nick.

„Es sollte mich sehr wundern wenn deren Motor noch mal anspringt."

„Hast du?"

„Ich hab mich mal etwas auf dem Boot umgesehen, als ich den Jungs neuen Stoff gebracht hab. Auch die sind, glaube ich, nicht mehr so sehr einsatzfähig, ihre Waffen übrigens auch nicht mehr"

„Ausgezeichnet," antwortete Fred,

„dann werde ich mich nun mal um unseren Hafenkapitän kümmern, der ist jetzt fällig."

Der Hafenkapitän hockte auf einem Stuhl, in der einen Hand eine Flasche Rotwein, in der anderen Hand ein volles Glas. Fred holte sich auch ein Glas und ließ sich einschränken.

„Prost," sagte er.

Und auch der Hafenkapitän hob sein Glas:

„Tolle Party," murmelte er,

„nur die Weiber fehlen. Eure sind ja nicht sehr zugänglich."

„Die haben auch ihre Order, sind für den Service der Gäste da, nicht für mehr. Aber du hast die Gäste eingeladen, ich bin nicht schuld."

„Ja, ja. Meine Schuld. Aber ich habe gedacht ich lade zuerst die Leute ein, die für unser Geschäft wichtig sind. Und die waren alle hier. Und waren ganz begeistert. Aber wir sollten demnächst mal eine Männerparty machen. Dazu lade ich dann Freunde ein und jede Menge heiße Weiber. Hab da so ein paar Kontakte."

Fred schlug ihm lachend auf den Rücken:

„Weißt du mein Freund, ich würde gerne mit dir auf

unsere Freundschaft und auf unsere zukünftigen Geschäfte anstoßen."

„Gerne," der Hafenkapitän hob gleich sein Glas.

„Nein, nein," Fred winkte ab.

„Doch nicht mit diesem Süßwasser. Das muss schon was Ordentliches sein. Wie wär's mit einem Whisky? So einem 20 Jahre alten?"

„Haha," lachte der Kapitän.

„Gerne, aber wo willst du den denn herkriegen?"

„Nun," entgegnete Fred,

„für gute Freunde hat ein Skipper immer was in seiner Kajüte. Ich bin gleich wieder hier."

Damit stand er auf und ging zum Strand. In den Augenwinkeln sah er dass der Hafenkapitän auf seinem Stuhl zusammengesackt war.

„Alles klar, los," rief er und sprang in das Boot.

Nick ergriff die Ruder.

„Nee, nee. Schmeiß ruhig den Außenborder an, wir sind in offizieller Mission unterwegs. Müssen Whisky besorgen für den Hafenkapitän."

„Wo willst du denn jetzt Whisky herkriegen?" fragte Nick verwundert.

„Ooch, ich denke in Singapur kann man welchen kaufen."

Sie bemühten sich so leise wie möglich zu lachen.

Nick signalisierte mit der Taschenlampe und sie sahen wie das Großsegel langsam höher stieg. Nach dem Festmachen sprang Fred ans Ruder und Matthias an die Ankerwinsch. Sie hatten extra viel Ankertau gesteckt, damit das Boot schon mit Hilfe der Winsch genügend Fahrt aufnehmen konnte. Fred legte hart Ruder um in den Wind zu kommen. Die Segel blähten sich etwas.

„Nur nicht so schnell," dachte Fred,

„wir dürfen auf keinen Fall den Anker überfahren, dann haben wir ein Problem und brauchen die Maschine."

Greg und zwei Mädels mühten sich am Großfall. Weil es sich schon etwas blähte kostete es viel Kraft und ging nur sehr mühsam.

„Schmeiß die Großschot los," rief Fred ihnen zu.

Der Großbaum schwenkte herum und der Druck war aus dem Segel. Der Gaffelbaum stieg hoch. Auch Matthias winkte:

„Anker ist frei."

„Ok, nun wieder die Großschot etwas dicht holen und die Besanschot etwas fieren. Prima. Und jetzt die beiden Klüver setzen."

Die Mathilda Bold nahm Fahrt auf. Nach und nach versammelte sich die Crew im Steuerhaus. Schweigend und angespannt lauschten sie nach einem möglichen Motorengeräusch. Aber es war absolut still. Geräuschlos verschwand das Schiff in der von einem halben Mond beleuchteten Nacht.

Fred, der am Steuer stand, überschlug kurz Kurs und Geschwindigkeit.

„Noch 10 Minuten," dachte er,

„dann sind wir weit genug von der Insel entfernt,

dann halsen wir und gehen auf unseren Generalkurs. Und dann voll Zeug gen Norden."

Da halte ein Ruf durch das Steuerhaus:

„Hands up, hands up."

Alle vier drehten ruckartig den Kopf und schauten in die Mündung einer MP und auf eine uniformierte Gestalt dahinter.

„Turn, back, back,"

schrie die Gestalt und fuchtelte wild mit dem Gewehr herum.

Fred drehte demonstrativ etwas am Steuerrad und sagte dann, in dem er mit den Händen nach oben zeigte:

„Sails, no engine."

Und da der Soldat anscheinend so gut wie kein Englisch sprach, deutete er ihm an, dass man draußen an den Leinen ziehen müsste. Der Soldat war etwas unschlüssig wie er reagieren sollte. Dazu kam er aber auch nicht mehr.

Der Schlag auf seinen Kopf war nicht sehr heftig, trotzdem sackte er lautlos zusammen. Die MP schlitterte über den Fußboden. Hinter ihm stand Kamira mit einem hölzernen Belegnagel in der Hand.

„Ich dachte da müsste ich eingreifen," sagte sie fast entschuldigend und steckte das Holz wieder an seinen angestammten Platz. Die Männer reagierten schnell und schnürten den Soldaten zu einem Bündel zusammen. Tauwerk gibt es auf einem Segler ja reichlich. Fred schaute die MP an.

„Kennt sich jemand mit dem Ding aus? Ich jedenfalls nicht, würde mir wahrscheinlich selbst ins Bein schießen wenn ich sie aufhebe."

Nick ging hin und sammelte die Waffe auf.

„Ich war bei der Army."

Er inspizierte sie und sagte dann:

„Die war noch nicht mal entsichert. Da hätte er lange am Abzug ziehen können. Solange ist unser Freund anscheinend noch nicht bei der Armee."

Damit legte die MP in die Kiste unter der Sitzbank.

Fred starrte gerade aus, knirschte mit den Zähnen, sagte aber nichts. Erst nach einer ganzen Weile brach es aus ihm raus:

„So etwas darf absolut nicht passieren. Es hätte nicht viel gefehlt und wir säßen heute Abend alle im Knast. Ich habe vorhin gefragt ob ihr alles durchsucht habt. Und die Antwort war ja. Ich will gar nicht wissen wer daran schuld ist. Aber noch mal, so was darf einfach nicht passieren. Kann noch einer an Bord sein?"

Alle schauten etwas Betreten drein.

„Nein, er war der einzige der als Wache abgestellt war," sagte Nick.

Das Soldatenbündel war wieder wach geworden und verfolgte sie mit aufgerissenen Augen.

"Was machen wir jetzt mit ihm? Hat jemand eine Idee? Umkehren tue ich jedenfalls nicht, auch wenn mir jemand eine MP in den Rücken hält. Und wenn jemand meint, wir schmeißen ihn einfach ins Wasser, dann soll derjenige das auch gleich selber tun. Mit Mord will ich nichts zu tun haben."

„Ihn nach Singapur mitnehmen ist auch keine gute Idee," sagte Greg.

„Wie soll das auch gehen. Wollen wir ihn zwei Monate lang fesseln? Wir wissen ja nicht was er alles anstellt wenn er an Bord frei rumläuft. Außerdem haben wir dann einen Esser mehr als geplant. Wie ich die Behörden in meinem Heimatland kenne, würden wir wohl in ziemliche Erklärungsnot kommen wenn wir mit einem gefangenen Soldaten an Bord dort einlaufen. Wisst ihr ob die uns nicht gleich wieder ausliefern?"

„Übernimm mal das Ruder," sagte Fred zu Matthias, „und gebt mir mal die Ansteuerungskarte dieses Hafens."

Er breitete sie aus, schaute sie eine Zeit lang an und sagte dann in dem er auf das Papier tippte:

„Also hier sind wir jetzt. Wie ich sehe ist das Wasser an der Rückseite dieser Insel ziemlich tief. Wir könnten also nahe heranfahren. Und dann muss er an Land schwimmen. Seine Sachen und seine Klamotten packen wir in einen Plastiksack, geben ihm noch eine Flasche Wasser mit hinein und dann muss er sehen, dass er klarkommt. Hier auf dem höchsten Punkt der Insel ist ein Leuchtfeuer. Da hinauf wird es also auch einen Weg geben. Allerdings wohl von der anderen Seite, von unserer Partybucht aus. Bis dahin muss er sich eben durchschlagen. Ist ja schließlich Soldat. Heute Nacht kann er das ohnehin nicht mehr, da muss er bis Sonnenaufgang warten. Was haltet ihr davon?"

„Wir könnten ihn mit unserem Beiboot an Land setzen, das schleppen wir doch noch hinterher," meinte Greg.

„Könnten wir," antwortete Fred,

„kostet uns aber viel Zeit und die haben wir nicht. Außerdem wissen wir nicht wie er sich dabei verhält, vielleicht macht er Ärger. Schwimmen wird er wohl können?"

Er schaute zu dem Soldaten rüber, machte Schwimmbewegungen und zeigte fragend auf ihn. Der nickte.

„Ok, dann machen wir es so. Nehmt mal die Segel runter, wir fahren mit Motor, da können wir besser manövrieren. Holt einen Plastiksack und macht unserem Gast klar, dass er sich ausziehen soll. Greg soll vorsichtshalber die MP in die Hand nehmen wenn wir ihm die Fesseln abnehmen. Macht mehr Eindruck."

Langsam näherten sie sich der Stelle, die auf der Karte günstig aus sah.

„Kann los gehen," war Freds Kommando

Der Soldat folgte widerspruchslos ihren Anweisung.

„Der hat wohl schon damit gerechnet dass wir ihn abknallen," sagte Greg.

„Nun ist er ganz froh das er schwimmen darf."

Der Sack war fertig geschnürt und man deutete dem Soldaten an dass er springen sollte. Er tat es ohne zu zögern. Dann fierten sie ihm den aufgeblasenen Sack runter. Er ergriff ihn und fing sofort an aufs Land zu zu schwimmen.

Fred drehte am Ruder und schwenkte den Bug der Mathilda Bolt in Richtung Norden.

„Jetzt volles Zeug, alles was wir haben. Ich lasse die

Maschine noch mitlaufen bis wir aus dem Windschatten der Insel heraus sind."

Alles lief wie am Schnürchen, seine Standpauke vorhin hat anscheinend gewirkt. Als der Wind die Segel blähte stellte Fred den Motor ab. Stille breitete sich aus, nur der Wind und das Rauschen der Bugwelle waren zu hören. Fred übergab das Ruder an Matthias.

„Kommt mal alle her, ich hab euch etwas Wichtiges zu sagen. Eine gute und eine weniger gute Nachricht. Welche zuerst?"

Man entschied sich für die weniger gute.

„Nun denn, wir fahren gerades Wegs auf ein kräftiges Tief zu. Ein Sturmtief. Bis zu elf Windstärken sind vorhergesagt."

Er schaute jeden einzelnen an um deren Reaktion zu sehen. Den meisten fiel die Kinnlade runter.

„Und was ist die gute Nachricht?" fragte Joan leise.

„Die gute Nachricht ist, dass uns keiner verfolgen wird. Wir werden auch absolute Funkstille wahren. Vermutlich wird man dann in ein paar Tagen denken wir sind abgesoffen."

„Sind wir vielleicht auch," sagte Nicol resignierend.

„Nein, sind wir nicht. Ich habe dieses Schiff bis in die letzte Ecke untersucht. Es ist stabil genug. Wie Nikolaos mir sagte wäre er schon häufiger in einen tropischen Sturm geraten. Wäre zwar unangenehm, aber das Schiff hält es aus. Das Sturmgebiet werden wir in etwa zwölf Stunden erreichen. Dann wird es für vierundzwanzig Stunden ungemütlich. Reichlich ungemütlich. Bis dahin haben wir genug Zeit uns und unser Schiff darauf vor zu bereiten."

„Warum hast du uns das nicht vorher gesagt?" war die allgemeine Frage.

„Wie hättet ihr reagiert? Hätten wir es ausdiskutieren müssen? Überlegt doch mal wie dann die Stimmung an Bord gewesen wäre. Bestimmt nicht die fröhliche Partystimmung die wir verbreiten mussten.. Die Entscheidung hätte die gleiche sein müssen. So eine Chance wie die heute, würden wir nie wieder kriegen"

„Er hat recht," meldete sich der sonst so schweigsame Nick, „jetzt ist es ohnehin egal also packen wir es an. Sag uns was wir tun sollen."

„Nun denn. Ihr habt doch sicher die Stahlplatten gesehen die neben dem Niedergang stehen und euch gefragt wo zu die gut sind. Die vier großen sind die Abdeckungen für die Oberlichter im Salon. An den Ecken sind große Hakenschrauben. Die könnt ihr an den Ösen neben den Fenstern einhaken und fest ziehen. Die anderen sind für die Fenster im Steuerhaus gedacht. Wir lassen vorne und hinten jeweils ein Fenster frei. Der Steuermann muss schließlich sehen wo er hinfährt. Dann gibt es noch ein paar dicke Persenninge die wir über die Ladeluken ziehen und mit Tauwerk diagonal verschnüren und absichern. Alle Durchbrüche durch den Rumpf, wie Kühlwasserleitung für den Motor, Auspuff, Seewasserpumpe, WC- und Spülenabfluss werden geschlossen. Die Mädels können beizeiten etwas zum Essen vorbereiten, Sandwich und so. Auch alle Thermoskannen mit heißem Tee füllen. Ich möchte nachher kein offenes Feuer ha-

ben. Außerdem wird niemand in der Lage sein, bei dem Seegang noch zu kochen. In unserer Bordapotheke sind Tabletten gegen Seekrankheit. Nehmen sie rechtzeitig, die Seekrankheit erwischt euch todsicher. Wir werden nachher die Wachen einteilen. Zwei werden immer im Steuerhaus sein. Die anderen sollen sich möglichst in der Koje aufhalten. Da sind überall Kojensegel angebracht, und die sind nicht nur zum Spaß da. Ich möchte hier niemanden draußen sehen. Auch nicht zum Pinkeln. Da müsst ihr euch anders behelfen. Bekanntlich ertrinken ja die meisten Segler wenn sie zu diesem Geschäft in den Heckkorb gehen. Das weiß man, weil sehr viele später mit offenem Hosenstall gefunden wurden. Und wer kotzen muss, der kotzt halt, egal wohin. Hinterher müssen wir ohnehin das ganze Schiff wieder auf Vordermann bringen. Denkt auch daran in der Küche alle Schaps zu schließen und zu verriegeln. Die Schweinerei, die entsteht wenn die bei dem Seegang aufgehen, könnte ihr euch vorstellen. Vielleicht fällt erst Mehl auf den Boden und dann eine Ölflasche die zerbricht, und so weiter. Alles klar? Nun habe ich auch genug geredet. Ach so, das Beiboot. Das sollten wir als erstes an Deck holen und sturmsicher vertäuen. Noch was zu den Segeln. Wir werden nachher rechtzeitig die Sturmfock und das Trysegel setzen. Alle übrigen werden sicher verschnürt. Aber wirklich sicher. Wenn sich da eines losreißt dann haben wir ein echtes Problem."
Man nickte allgemein und überlegte wer was tun sollte.

„Bist du dir wirklich sicher, dass wir das überstehen?" fragte Joan als alle anderen der Steuerhaus verlassen hatten.

„Hast du so einen Sturm schon mal mitgemacht?"

„Nein, ich verlass mich auf das was Nikolaos mir erzählte hat und das was ich gelesen habe."

„Das beruhigt mich aber ungemein," sagte Joan schnippisch.

Fred zog die Schublade am Kartentisch auf um in die große Karte des Südpazifiks ihre augenblickliche Position einzutragen und den Kurs zu berechnen, der sie zu ihrem Ziel führen würde. Als erstes fiel sein Blick auf einen Umschlag – für Fred und Matthias. - stand drauf. Er wendete ihn aber es fand keinen Absender.

„Weißt du von wem der ist?" fragte er Matthias als der ins Steuerhaus kam. Matthias drehte ihn auch wortlos hin und her, nahm sein Taschenmesser und schnitt ihn vorsichtig auf. Drinnen war ein Zettel auf dem stand - Gute Reise, viel Glück, meldet euch mal -.

„Von wem ist der, wer konnte wissen dass wir auf die Reise gehen?"

„Schau mal genau hin," sagte Matthias,

„fällt dir nichts auf? Schau mal auf den ersten Buchstaben, das ist kein G, das ist ein Gamma. Alles klar?"

„Da hat der Typ doch gemerkt, dass wir abbauen wollen. Nun wird mir auch klar warum er bei der Party nicht dabei sein wollte. Er wäre Ballast für uns gewesen. Wahrscheinlich hat er nur die Sachen registriert, die wir an Bord geschafft haben. Als alter Seemann war ihm klar, dass der Proviant für Monate reichen würde. Danke Nikolaos, wir werden uns wieder bei dir melden."

Gegen Mittag wurde die See rau. Vereinzelt waren schon Schaumköpfe zu sehen. Als Fred aufs Deck ging um ein letztes Mal die Vorkehrungen für den Sturm zu überprüfen, benutzte er vorsichtshalber einen Lifebelt. Die Sturmbesegelung war schon angeschlagen, alle anderen Segel geborgen und fest verzurrt. Bisher hatten sie noch das gereffte Groß, das gereffte Besansegel und den hinteren Klüver gesetzt gehabt und damit eine gute Fahrt gemacht. Jetzt wurden die Bewegungen des Bootes dafür jedoch zu heftig. Sie kamen nun zwar nur noch langsam voran aber das war in der jetzigen und vor allem in der kommenden Situation unwesentlich. Hier ging Sicherheit vor. Fred kam zurück ins Steuerhaus, verriegelte die Tür und sagte:

„Ich hoffe wir brauchen nicht wieder an Deck bevor der Sturm sich gelegt hat. Soweit ich gesehen habe ist alles ok. und wir sind gut vorbereitet."

Man hatte sich auf 3-Stunden Wachen geeinigt. Zwei Mann sollten immer im Steuerhaus sein. Die Mädels waren nicht mit eingeteilt worden, sie trauten sich noch nicht, wollten erst mal abwarten was nun auf sie zu käme. Die Männer am Steuer hatten schon seit Stunden ausprobiert, wie sie die ankommenden Seen am besten ansteuern mussten. Ihren Generalkurs würden sie im Verlaufe des Sturms sicher nicht halten können, aber auch das war im Augenblick unwichtig.

Fred schaute auf das Barometer, es fiel erschreckend stetig. Die rollenden Wellen waren riesig geworden, in der Dunkelheit nur zu erkennen an ihren weißen Schaumkronen. Der Sturm entwickelte langsam seine vorhergesagte Stärke. Mehr und mehr Brecher überrollten das Schiff. Aber die Mathilda Bold schüttelte sich nur, warf das Wasser wieder ab, zog weiter ihre Bahn. Es waren kaum Kurskorrekturen nötig, stellten die Steuerleute fest, Mathilda wusste was für sie am besten war. Da alles geregelt war suchten sich die wachfreien Leute einen möglichst ruhigen Platz, was leichter gesagt als getan war. Die Mädels hatten sich in ihre Kojen verkrochen und die Kojensegel fest verzurrt. Fred hangelte sich ein weiteres Mal nach vorne in den Laderaum, die Taschenlampe zwischen den Zähnen. Die Hände braucht er dringend um sich irgendwo fest zu krallen. Hier vorne waren die Bewegung am heftigsten und am lautesten. Die anprallenden Wellen klangen wie Kanonenschüsse. Er leuchtete die Planken ab und prüfte ob irgendwo Wasser durch drang. Dabei immer im Kopf die Worte von Nikolaos:

„Bedenke, das Boot hat Spanten aus Eiche und eine doppelte Diagonalkarweelbeplankung aus Teak. Die hält, hat sie schon oft bewiesen."

Er hatte recht, das Schiff war dicht. Erleichtert kroch er wieder zurück und gönnte sich seine Pause.

Irgendwann kam Kamira ins Steuerhaus und schaute sich um, suchte nach einem festen Halt. Hier oben waren die Bewegung deutlich stärker als unten im Salon.

„Na, ist dir nicht so gut?" fragte Matthias,

„irgendwie hast du schon mal besser ausgesehen."

Ihre sonst so schöne gleichmäßig braune Gesichtsfarbe war einem grün-gelb gewichen.

„Mir ist kotzübel. Ich hab zwar die Tabletten genommen, aber anscheinend nützen sie bei mir wenig. Außerdem ist die Luft da unten in der dunklen Höhle nicht so sonderlich frisch. Ich dachte hier oben kann ich mal etwas durchatmen."

„Gute Idee, aber ich hab da eine noch bessere Therapie für dich. Altes Seefahrerrezept. Komm her und übernimm das Ruder, das wir dich beruhigen."

Kamira reagierte entsetzt:

„ich soll dieses Schiff steuern? Bei diesem Seegang? Kann ich nicht."

„Doch doch, das geht, ich bleibe auch hinter dir stehen, kann sofort eingreifen wenn es nötig ist. Du kannst mir glauben, es wird dir helfen. Hab ich früher auch immer so gehalten,"

Sie tat was Matthias ihr vorschlug und ihr dann zeigte, erst ganz vorsichtig mit spitzen Fingern dann jedoch packte sie die Speichen des Steuerrades und war voll bei der Sache. In kurzer Zeit macht es ihr sogar Spaß.

„Und, geht's dir besser?"

Kamira nickte.

„Das kommt weil du jetzt eine Aufgabe hast, du

musst dich auf das Steuern konzentrieren, das lenkt ab von der Seekrankheit. Außerdem gehst du die Bewegungen des Schiffes mit, du fühlst sozusagen mit dem Schiff. Bleibt ruhig noch ein bisschen dabei. Ich pass schon auf."

Da Fred erst bei der nächsten Wache wieder gefordert wurde, verzog er sich in den Salon, legte sich auf dem Fußboden in eine Ecke und verkeilte sich mit allen Kissen und Decken die er finden konnte. Seine Erfahrungen sagten ihm, in der Mitte des Schiffes und möglichst weit unten sind die Bewegungen am besten zu ertragen. Schlafen würde er kaum können, dass war ihm klar aber so ein bisschen entspannen und die Augen schließen wären sicher ganz gut. Anscheinend war er doch eingeschlafen denn er schreckte hoch als er ein Geräusch hörte das wie ein Schuss klang. Sofort stürzte er den Niedergang hinauf.

„Was war das, was ist da los?" rief er aufgeregt und starrte durch die beiden nicht verkleideten Fenster.

„Keine Ahnung," antwortete Nick der zur Zeit am Steuer stand.

Fred schaltete den Deckscheinwerfer an und versuchte durch die überkommenen Brecher hinweg etwas zu erkennen. Dann sah er zu seinem Schrecken dass einer der beiden Steuerbordwanten des Fockmastes gebrochen war. Das Seil schwang wild hin und her.

„Wir müssen auf den anderen Bug, schnell schnell. Der Mast muss entlastet werden sonst geht er uns über Bord. Wenn wir auf der nächsten Welle sind dann drehst du ab, aber nicht zu viel."

Das Manöver klappte ohne größere Probleme. Da sie ohnehin hart am Wind fuhren war es keine große Kursänderung

„Sollen wir rausgehen und das Seil festmachen?" fragte Greg, der auch gerade Wache hatte.

„Geht nicht, viel zu gefährlich. Da hängt unten noch der schwere Schäkel dran. Anscheinend ist der Bolzen gebrochen. Das schwere Ding könnt ihr nicht halten, das ist wie ein Todespendel. Wir können nur hoffen, dass es sich möglichst bald irgendwo verheddert. Solange wir auf diesem Bug bleiben kann uns nicht viel passieren."

Das Seil schwang bei jeder Welle quer über das Schiff, knallte gegen die anderen Abspannungen und gelegentlich auch auf die Stahlplatten mit denen die Oberlichter des Salons verschalt waren. Was einen solchen Lärm verursachte das alle vier Mädels erschreckt im Steuerhaus erschienen. Fred versuchte sie zu beruhigen.

„Kein Problem, das Seil wird sich in Kürze irgendwo verfangen. Dann gehen wir raus und sichern es."

Wie recht er damit hatte zeigte sich wenige Minuten später als der Schäkel mit voller Wucht in das Trysegel haute und es vom Wind sofort zerfetzt wurde. Dabei blieb er zum Glück hinter dem Fall hängen. Fred überlegte kurz, der ohnehin sehr schwache Vortrieb war jetzt noch weniger geworden. Sie brauchten ihn aber um das Schiff überhaupt steuerfähig zu halten. Jetzt andere Segel zu setzen war nicht machbar.

„Wir müssen die Maschine anschmeißen und sie langsam mitlaufen lassen. Macht mal das Kühlwasserventil wieder auf. Das wird jetzt etwas kritisch denn wir müssen permanent aufpassen, dass sich die Schraube nicht frei dreht wenn sie aus dem Wasser ist. Könnte einen Motorschaden geben. Also, bergauf mit Maschine, oben stopp und dann ohne Motor wieder runter. Wird mühsam und anstrengend. So wie der Wind und der Seegang es zu lässt, setzen wir dann das ja noch als Reff eingebundene Besansegel, dann kann die Maschine wieder aus."

Er schaute zum wiederholten Male auf das Barometer. Er schaute einmal hin, rieb sich die Augen, schaute noch einmal hin und rief dann erfreut:

„Leute, es fällt nicht mehr, ich vermute wir haben den Tiefpunkt erreicht, das Zentrum des Sturms. Von nun an kann es nur besser werden."

Es schien tatsächlich so als wenn der Wind etwas ruhiger geworden war, der Seegang war allerdings der gleiche geblieben und nach wie vor gefährlich hoch. Nun, die scheinbare Ruhe hielt nicht lange an, dann hatte man wieder das Kreischen der Böen in den Ohren. Aber allein das Bewusstsein es würde nicht schlimmer, beruhigte die gesamte Crew. Nach einer endlos langen Nacht wurde es im Osten langsam hell, der neue Tag zeigte sich. Erst jetzt konnte man das aufgewühlte Meer in seiner ganzen Macht erkennen. Alles war von weißer Gischt beherrscht. Nein, der Sturm war noch nicht am Ende, es hatte aber den Anschein, als wenn er langsam abflauen würde.

Als die Wache Stunden später wieder an Fred war meinte dieser:

„Was haltet ihr davon wenn wir ein bisschen mehr Segel setzen. Ich dachte da so an den Besan, wie schon gesagt. Müsste eigentlich gehen. Ich möchte diese verdammte Maschine abstellen."

Er schaute in die Runde. Nick und Matthias nickten.

„Gut, Lifebelts anlegen. Matthias du gehst an das Fall und Nick macht das Segel los. Dann hilfst du Matthias. Ich gehe derweil mit dem Boot in den Wind. Wird zwar ziemlich krachen weil wir dann voll gegen an gehen, aber ist ja nur für einen kurzen Moment. Ich kann euch am Mast ja sehen. Wenn Nick das Segel gelöst hat gebt mir Zeichen. Dann drehe ich in den Wind. Beeilt euch möglichst, damit ich nicht solange gegen an bolzen muss."

Nacheinander schlüpften sie hinaus, pickten Hand über Hand das Sicherungsseil ein. Matthias legte seinen Gurt um den Mast und löste das Fall. Während dessen war Nick schon dabei das fest verschnürte Segel zu lösen um dann Matthias zu helfen. Permanent mussten sie sich festkrallen wenn ein neuer Brecher über das Deck fegte. Fred sah den Wink von Matthias und richtete das Boot aus, dass sofort in den nächsten hohen Brecher haute. Das ganze Boot zitterte. Aber die beiden am Mast zogen Stück für Stück das Fall ein. Dann belegen und schon drehte Fred wieder ab. Das Boot legte sich jetzt zwar mehr auf die Seite, aber die Stampfbewegungen waren wesentlich kleiner. Es nahm mehr Fahrt auf, es schnitt durchs Wasser. Fred war zufrieden und schaltete die Maschine aus, wartete dass die Beiden wieder ins Steuerhaus kamen. Sie kamen aber nicht.

„Greg, schau mal was da los ist."

Der drückte die Tür auf und sah das Nick gerade wieder über die Reling an Bord kletterte. Dann kamen sie beide ins Steuerhaus und ließen sich auf den Boden fallen.

„Was war da los?"

„Ich wollte nur ein schnelles Bad nehmen," sagte Nick schnaufend.

„Aber dieser verdammte Lifebelt hat mich daran gehindert."

„Du kannst mit deinem Leben machen was du willst," sagte Fred.

„Ist dein Leben, aber im Moment ist es ungünstig es weg zu werfen. Wir brauchen dich hier noch. So, nun haut euch aufs Ohr. Drei Stunden sind schnell vorbei." Dann übergab er das Ruder an Greg.

„Mach du mal, ich muss mal etwas verschnaufen."

Das Wetter wurde zusehends besser. Zwar herrschte noch eine sehr hohe Dünung, aber gegen das was sie gerade durchgemacht hatten war es fast angenehm. Nach und nach versammelten sich alle im Steuerhaus.

„Was machen wir jetzt als nächstes?" fragte jemand.

„Sollen wir was zu essen machen?" fragte Joan.

Das Wort Essen kam nicht so sonderlich gut an. Damit wollte man noch etwas warten.

„Ok, bevor wir daran gehen klar Schiff zu machen müssen wir uns an die Reparatur des gebrochenen Wants machen. Wir müssen dringend eine Wende fahren wenn wir den Kurs zu unserem Ziel anlegen wollen. Auf diesem Bug kommen wir da nie hin. Schaut mal ob wir irgendwo einen passenden Bolzen haben."

„Und dann," redete Fred weiter,

„dann wäre ich gerne diese blöden Verkleidungen an den Fenstern wieder los. Ich brauche freie Sicht."

Nick war in den Maschinenraum gegangen und hatte ihre Ersatzteile durchgesehen. Das Ergebnis war nicht so sehr berauschend. Einen Bolzen hatte er nicht gefunden aber eine Eisenstange die durch die Löcher passen müsste. Er probierte es auch gleich aus.

„Passt, aber wir müssen uns überlegen wie wir sie sichern können. Auf der einen Seite können wir einen Kopf an hämmern bevor wir ihn durch den Schäkel schieben. Aber dann?"

„Wie lang ist die Stange?"

„So etwa 50 cm."

„Meinst du, dass wie sie dann umbiegen können?"

„Wenn wir irgendwo einen Hebel finden, ein Rohr zum Beispiel, mit dem wir die Stange verlängern können, dann könnte es gehen."

„Gut," entschied Fred,

„dann sollten wir es mal probieren. Aber sichert das Stahlseil zuerst mit einem Tau. Ich übernehme das Ruder."

Drei Mann machten sich an das Werk. Hämmerten einen Kopf an die Eisenstange und versucht dann diese durch den Schäkel und den eisernen Befestigungs-beschlag zu schieben.

„Geht nicht," riefen sie,

„es fehlen so etwa 3 cm in der Länge."

„Ich werde jetzt abfallen damit der Wind voll von der Seite kommt. Dann wird das Boot sich hart überlegen und auch der Mast wird das tun. Ich denke dann habt ihr Spiel genug."

Es klappte und auch das Umbiegen war mit einiger Kraft zu bewerkstelligen. Während dessen hatten die Mädels schon begonnen die eisernen Fensterverklei-dungen ab zu schrauben.

„Jetzt noch die Klüver und das Großsegel setzen, dann bin ich voll zufrieden mit euch."

Auch das wurde noch bewerkstelligt bevor man in die Kojen steigen wollte.

„Moment noch," sagte Fred,

„bei den Flying-P-Linern, das sind die Großsegler die früher Salpeter aus Chile oder Getreide aus Australien nach Europa geholt haben, war es so üblich, dass nach dem Sturm an die Mannschaft Rum ausgeschenkt wurde. Den ersten bekam der Kapitän, den zweiten der Steuermann. Dann die Mannschaft. Man sollte alte Bräuche eigentlich in Ehren halten."

Er schaute in die Runde. Die Crew verzog sich als Antwort nach unten und kam nach einer Weile wieder hoch. Joan trug ein Tablett mit acht randvoll gefüllten Gläsern und stellte es auf den Kartentisch. Dann nahm sie ein Glas und hielt es Fred hin mit den Worten:

„Die Mannschaft der Mathilda Bold möchte sich bei

ihrem Skipper dafür bedanken dass er sie so umsichtig durch das Unwetter geführt hat. Rum haben wir leider nicht an Bord, ich denke dieser Cognac tut es auch."

Fred lachte:

„Ich fühle mich sehr geehrt, insbesondere dass ich Skipper genannt werde. Aber wenn schon alte Bräuche, dann auch richtig. Damit öffnete er die Tür des Steuerhauses, ging an die Reling und kippte den Inhalt seines Glases in das Wasser mit den Worten:

„Für Rasmus und weil er uns so glimpflich davon kommen ließ."

Dann hielt er Joan das leere Glas in und ließ sich nachschenken.

„Auf uns, auf Mathilda und eine weiterhin glückliche Reise."

„Soll ich dich ablösen?" fragte Greg,

„eigentlich bist du schon überfällig."

„Ach nee, lass mal. Ich fühle mich absolut fit, fast ein bisschen high, nun nach dem wir alles überstanden haben. Ich würde hier gerne noch etwas alleine sitzen. Wenn ich Ablösung brauche melde ich mich. Schlaft gut."

So saß Fred still am Ruder, blickte über die weite See und dachte über die letzten 30 Stunden nach. Es war viel passiert. Er überlegte ob er alles richtig gemacht hatte. Waren ihm Fehler unterlaufen.? Ihm fielen keine ein. Letztlich war er sogar ganz stolz über seine Leistung. Es war immerhin der erste Sturm in seinem

Leben gewesen und dann gleich als Skipper auf einem Schoner.

Als das Boot wieder sauber und aufgeräumt war, der Appetit auf gutes Essen sich wieder vorhanden war, stellte sich so langsam ein Bordalltag ein. Man hatte sich auf Wachen von fünf Stunden verständigt, damit die Wachzeiten sich von Tag zu Tag um eine Stunde verschoben. Ansonsten gab es nicht viel zu tun.

Nick hatte ein altes Kurzwellenradio im Maschinenraum entdeckt, das er auseinandergenommen, gesäubert und wieder zusammengebaut hatte. Auch Batterien hat er irgendwo gefunden. Die Antenne verband er über einen Draht mit den Stahldrähten der Wanten.

„Mal sehen was es Neues gibt auf der Welt," sagte er.

Man lauschte gespannt, aber da nur knackende Geräusche und unverständliche Wortfetzen zu hören waren, erlosch das allgemeine Interesse sehr schnell.

Nach dem Essen am Abend sagte Nick so nebenbei:

„Ich hab da bei BBC ein paar Nachrichten aufgefischt, die für uns interessant sein könnten. Einmal ein Wetterbericht der besagt, dass wir bei dem jetzigen Süd-West-Monsun mit stetigen Winden so um sechs BV rechnen können. Passt ja prima. Und dann eine Meldung, dass in einem gewissen Land ein Militärputsch stattgefunden hat."

Er schaut in die Gesichter um sich herum.

„Ihr kennt dieses Land. Es war ein unblutiger Putsch, die Regierung wurde abgesetzt und ein gewisser Brigadegeneral Jo-Martin Rampalo hat sich selbst als

Übergangspräsident ernannt und baldige Neuwahlen versprochen. Jeglicher Schiffs - und Flugverkehr ist bis auf Weiteres eingestellt."

Alle schauten Kamira an.

„Kennst du diesen Typen?"

„Ich habe ihn anscheinend auf unserer Strandparty kennengelernt. Der Name ist ja etwas ungewöhnlich. Das war der, der am meisten gesoffen hat. Für uns ist er vermutlich am teuersten geworden. Dass er General war wusste ich natürlich nicht, da er in Zivil war. Ich habe ihm auch immer fleißig nach geschenkt. Er verlangte von mir, dass ich stets mit trinke. Ich hab ihm dem Gefallen getan, zumindest hat er es mir abgenommen. Der Sand hinter mir es allerdings etwas feucht geworden. Er wollte auch mehrfach mit mir am Strand spazieren gehen, dahin wo keine Leute mehr waren."

„Und," fragte Fred etwas irritiert,

„bist du mit ihm gegangen?"

„Vielleicht hätte ich es tun sollen," antwortete Kamira lachend.

„Dann hätte ich wohl jetzt schon einen tollen Job, so als Ministerin vielleicht. Wer weiß ob ich da nicht die Chance meines Lebens verpasst habe."

Dann stand sie auf stellte sich hinter Fred, zog seinen Kopf in den Nacken und küsste ihn mit den Worten:

„Aber ich glaub ich hab die richtige Wahl getroffen."

„Da sind wir wohl zur richtigen Zeit abgehauen."

Matthias war der erste der die Sprache wieder fand.

Dann konnte man kein Wort mehr verstehen weil alle durcheinander redeten.

„Ich denke und hoffe die haben jetzt andere Sorgen als nach uns zu forschen," sagte Fred,

„aber wir sollten weiterhin wachsam sein."

„Skipper, Skipper," rief der Ausguck von der Back und gestikulierte heftig.

Skipper Fred hatte es sich gerade in der Hängematte bequem gemacht, die er im Schatten des Großsegels aufgespannt hatte. Die Sonne schien, das Meer war ruhig, es wehte ein gleichmäßiger Wind. Die perfekte Zeit für eine Siesta. Unwillig knurrend kletterte er heraus, ging ins Steuerhaus, schnappte sich das Fernglas und gesellte sich zum Ausguck.

„Da hinten, etwa zwei Strich an Steuerbord, da schwimmt was. Keine Ahnung was es ist."

Fred schaute durchs Fernglas.

„Stimmt, da schwimmt was," sagte er.

„Ein Ruderboot wird's wohl kaum sein hier mitten auf dem Ozean. Von der grellen Farbe her könnte es vielleicht ein Rettungsboot sein. Da müssen wir was tun."

Und mit lauter Stimme rief er:

„Alle Mann an Deck, Maschine anschmeißen, alle Segel bergen. Kurs zwei Strich steuerbord."

Die Leute an Bord ließen alles stehen und liegen und stürmten an Deck. So ein plötzliches Manöver hier auf dem weiteren Ozean war absolut ungewöhnlich. Alle taten was nötig war, Hektik kam nicht auf, solche Sa-

chen hatte man trainiert und schon häufig gemacht.
Fred zeigte nach vorne:

„Vielleicht braucht da jemand unsere Hilfe. Macht alles klar damit wir notfalls eingreifen können. Fallreep an Steuerbord".

Mittlerweile konnte man erkennen dass es sich um ein Rettungsfloß handelte mit einem aufgestellten Sonnenschutzdach. Daher war nicht zu erkennen, ob Personen drin waren. Der Steuermann gab drei Mal Signal, aber nichts rührte sich.

„Sollen wir das Beiboot klarmachen?" fragte Greg.

„Das dauert zu lange, wir haben es ja immer noch sturmfest verzurrt. Überlegt mal wie wir die Insel an Bord kriegen. Maschine Stopp."

In 20 m Entfernung dümpelt das Floß auf den Wellen. Noch immer war nicht zu erkennen ob jemand drin war..

„Ich spring rein," sagte Greg, griff sich eine lange Leine, band sie sich um seine Brust und gab das andere Ende an Fred. Schon stand er an der Reling und sprang ins Wasser. Mit kräftigen Zügen näherte er sich dem Floß, zog das Sonnendach zur Seite, schaute hinein und rief dann zurück:

„Sind zwei Männer drin, sie bewegen sich noch, mehr aber auch nicht. Aus eigener Kraft können sie auf keinen Fall an Bord klettern. Was tun?"

Fred überlegte was sie für Möglichkeiten hatten. Erst mal längsseit holen und verzurren. Dann vielleicht einzeln mit der Hängematte an Bord hieven? Vermutlich zu gefährlich für die geschwächten

Männer. Wie sollte Greg sie überhaupt in diese bekommen? Also das ganze Floß anheben. Ein Segel drunter und dann mit den Bäumen von Groß und Besan anheben. Schien die vernünftigste Möglichkeit zu sein.

„Holt die Sturnfock, die ist am handlichsten. Den Hals über eine Rolle am Besanbaum anschlagen, die beiden anderen Augen ebenso am Großbaum. Dann Zug um Zug mit den Dirks anheben und weiter per Hand. Ganz langsam und vorsichtig".

Greg zog das heruntergelassene Tuch unter das Rettungsfloß. Dann gab er mit der Hand das ok. Als das Floß aus dem Wasser war und längsseits zum Schiff, schwamm er zum Fallreep und kletterte an Bord. Derweil hatte man mit vereinten Kräften die beiden Männer aus dem Floß an Deck geholt. Sie bewegten sich nur schwach und hoben immer wieder ihre Hand an den Mund.

„Wasser, bringt Wasser," rief Fred nach einer Wasserflasche

„die sind völlig ausgetrocknet, kurz vor dem Verdursten, sind vermutlich schon ziemlich lange in diesem Floß."

Beide griffen nach der ihnen gereichten Wasserflasche, der Anblick alleine belebte sie. Das Wasser floss in sie hinein wie in einen leeren Eimer, sie schluckten gar nicht erst. Langsam rührte sich wieder etwas Leben in ihren Körpern. Es waren zwei dunkelhäutige Männer mit verbrannten Gesichtern und Armen. Joan meldete sich zu Wort:

„Ich hab mal als Krankenschwester gearbeitet. Ich denke als erstes müssen sie aus ihren salzverkrusteten Klamotten raus. Dann eine Dusche mit Süßwasser, und dann brauchen sie was zu essen. Erst mal was leichtes, vielleicht eine Brühe oder so was. Haben wir doch an Bord. Nicol komm hilf mir mal. Wir kümmern uns um die beiden."

Fred ging zum Steuerhaus. Hieß die Segel wieder zu setzen und den Motor abzustellen.

„Generalkurs wie vorher," sagte er zu Matthias der am Ruder stand. Langsam nahm die Mathilda Bolt wieder Fahrt auf.

„Das Rettungsfloß falten wir zusammen und verstauen es. Vielleicht brauchen wir es noch einmal als Beweis oder so. Im übrigen sieht es so aus als wenn es zu einem Flugzeug gehört. Auf Yachten benutzen sie andere, auf Frachtschiffen ohnehin," sagte Fred und beschloss seine unterbrochene Siesta wieder aufzunehmen und nach zu denken. Lange hielt er es jedoch nicht aus und ging nach unten.

„Wie geht's unseren Gästen", fragte er Joan im Vorbeigehen.

„Schon wieder ganz gut," sagte diese.

„Sie wollen übrigens den Boss sprechen."

„Endlich mal jemand der mich als Boss akzeptiert,"grunzte Fred,

„von euch tut es ja keiner. Wo sind sie jetzt?"

„Im Augenblick pennen sie, da sollten wir sie nicht stören."

„Haben sie mal gesagt wer sie sind und woher sie

kommen und was sie hier auf dem offenen Ozean zu suchen haben? Und, ganz wichtig, wissen sie noch von anderen Booten?"

„Ja, die Namen habe ich aufgeschrieben, konnte ich nicht behalten. Sie kommen von der Insel Sokutra Island. Die ist von einem heftigen Vulkanausbruch verschüttet worden. Das letzte Flugzeug das die Insel verließ war überfüllt und konnte sie nicht mehr mitnehmen. Hat ihnen aber das Rettungsfloß überlassen und sie sollten von der Marine aufgefischt werden. Die hat sie anscheinend aber nicht gefunden. Wie lange das her ist wissen sie nicht so genau, scheinen aber mehr als zwei Wochen zu sein. Aber den genauen Ablauf können sie dir sicherlich später erzählen."

Fred ging in den Salon, nahm die große Überseglerkarte des Pazifiks aus dem Fach und legte sie auf den Tisch.

„Wo zum Himmel liegt Sokutra Island," sagte er mehr zu sich selbst. Ein nautisches Handbuch half ihm weiter. Er machte einen Kreis auf der Karte, vermaß Entfernungen und berechnete Kurse.

„Kommt doch mal alle her," rief er.

Als alle beisammen waren, der Schoner lief im Augenblick ohnehin von alleine, sagte er und deutete auf die Karte:

„Das ist unser bisheriger Kurs. Hier sind wir jetzt. Dort liegt das ominöse Sokutra Island. Sind so um die 500 Meilen dorthin. In unseren Handbüchern steht, dass es zu einem Inselstaat gehört. Über die politischen Verhältnisse steht dort natürlich gar nichts.

Frage ist jetzt, was machen wir mit unseren Gästen. Ändern wir unseren Kurs und liefern sie dort ab? Wir dürfen dabei nicht vergessen, dass wir immer noch auf der Flucht sind. Ich möchte dazu eure Meinung hören."

„Das Beste wäre wenn wir sie so schnell wie möglich loswerden," meldete sich Greg.

„Wie ihr alle wisst, haben wir nicht gerade reichlich Proviant und Wasser an Bord."

„Da stimme ich dir zu," sagte Matthias

„aber ins Wasser schmeißen können wir sie auch nicht wieder."

„Nun mal ernsthaft, was tun?"

„Du hast doch sicher schon einen Plan Boss," sagte Joan.

„Zumindest eine Idee. Da wir nicht wissen ob dieser Inselstaat uns an die Miliz des Staates aus dem wir geflohen sind ausgeliefert, können wir das Risiko nicht eingehen, diese Insel anzulaufen. Wir haben uns nach langer Diskussion auf den Zielhafen Singapur geeinigt. Davon möchte ich auch nicht wieder abgehen. Insofern haben wir nur die Möglichkeit die beiden bis dorthin mitzunehmen. Mit Proviant und Wasser wird es knapp werden. Sollten heute schon anfangen es einzuteilen. Das kann Greg übernehmen. Den Proviant sollten wir durch intensiven Fischfang aufbessern. Außerdem jeden Regentropfen auffangen. Wir haben doch schon mal eine solch kritische Phase überstanden, dann werden wir auch diese meistern. Im übrigen denke ich können wir stolz auf uns sein.

Wir haben zwei Menschen das Leben gerettet. Deshalb sollten wir, solange die beiden noch schlafen, uns an die Flaschen erinnern, die wir hier an Bord haben und die eigentlich die Staatsgäste trinken wollten. Matthias mach mal zwei auf. Unsere Gäste können die ohnehin noch nicht vertragen."

„Alles klar, so machen wir es," erklang es im Chor.

„Eines noch, die Verwandten dieser Leute machen sich sicherlich Sorgen. Wir haben aber Funkstille beschlossen. Gibt es eine Möglichkeit eine Message dorthin zu senden, anonym und ohne dass man uns anpeilen kann? Matthias, du bist hier der Fachmann für solche Dinge, überprüft das doch mal."

Sie ließen sich den Rotwein schmecken, den sie unten in der Bilge verstaut hatten.

„Wie viele haben wir noch?" fragte Fred.

„Sind leider die letzten Roten," antwortete Nick,

„Jetzt sind nur noch drei Flaschen Champagner da."

„Ok," sagte Fred,

„die sind für einen ganz besonderen Anlass. Ich weiß auch schon für welchen. Die köpfen wir, wenn die Skyline von Singapur in Sicht kommt."

Alle stimmten begeistert zu.

Später kam Matthias zu Fred.

„Das mit dem Funkspruch ist so eine Sache. Wenn wir eine kurze schnelle Message absetzen kann man uns kaum anpeilen. Aber weißt du wohin, hast du irgendwelche Adressen oder Frequenzen? Auf jeden Fall müssen wir es natürlich anonym machen. Der Name Mathilda Bolt darf nicht genannt werden. Wir sind weg und vermutlich denkt man wir sind eh abgesoffen. Das ist ja auch gut so. Die einzige Möglichkeit die ich sehe ist unser Satellitentelefon. Das ist ja noch auf unsere alte Firma registriert. Außerdem können wir unsere Nummer unkenntlich machen. Der Anschluss dürfte noch nicht gelöscht sein denn wir haben für ein Jahr im Voraus bezahlt. Nur, wen anrufen? Das nautische Handbuch wird uns da auch nicht weiterhelfen, ist auch schon ziemlich alt."

„Ich werde mich mal mit unseren beiden Schiffbrüchigen unterhalten wenn sie wieder fit sind. Vielleicht können die uns weiterhelfen. Irgendwelche Telefonnummern werden sie wohl noch in ihrem Kopf haben. Ich kümmere mich drum."

Die Gelegenheit ergab sich schon am Abend als die gesamte Besatzung nach dem Essen an Deck saß. Bongo Katmasti stieg langsam und noch etwas schwankend die Treppe aus dem Salon empor. Nick schob ihm gleich einen Stuhl hin, in den er sich fallen ließ.

„Ich wollte mich bei euch bedanken," sagte er.

„Wir haben schon nicht mehr an eine Rettung geglaubt. Ich weiß auch nicht wie viele Tage wir auf dem Meer getrieben sind. Da war ein Tag wie der andere."

„Ihr seid von der Insel geflohen weil ein Vulkan alles verschüttet hat?" fragte Fred.

„Ja, die ganze Insel ist evakuiert worden. Das lief auch alles ganz ruhig und problemlos ab. Die Marine hat alle Leute samt ihrem Hab und Gut und dem Vieh auf Landungsboote verladen. Wir blieben auf dem Flugplatz und sollten am nächsten Tag dort abgeholt werden. Ich bin der Leiter des Flugplatzes und kontrollieren auch den Luftraum und die Anflüge. Deshalb spreche ich auch ein so gutes Englisch. Es waren aber noch zwei weitere Leute im Dorf, von denen keiner was wusste. Das eine war die Frau des Häuptlings und nach der wurde gesucht. Dadurch waren wir letztlich mehr Personen als das Flugzeug tragen konnte. Es musste aber dringend starten da die Lava dabei war die Startbahn zu blockieren. Einer musste also geopfert werden. Ein Mann kam auf die Idee das Rettungsfloß auszuladen um mir damit zu ermöglichen aus der Gefahrenzone zu paddeln. Ein Schiff könnte mich später retten. Mein Kollege wollte mich begleiten. So schleppen wir das Rettungsfloß an den Strand bliesen es auf, stiegen hinein und paddelten von der Küste weg. Lief alles prima. Nur, es kam kein Schiff. Irgendwann wurde es dunkel. Wir machten es uns bequem so gut es ging. Tun konnte wir ohnehin nichts und so vertrauten wir auf die Rettungsboje, deren Funksignal und das rote Blinklicht. Wir waren uns sicher, die Marine würde kommen. Als es hell wurde sahen wir kein Land mehr. Da wurde uns der Ernst unserer Lage deutlich. Wir checken die Notausrüstung, erschraken über das wenige Wasser das uns zur Verfügung stand.

Ich hatte mich schon häufig mit Piloten unterhalten die hier bei uns übernachten mussten. Dabei ging es natürlich auch um Unfälle und was man tun muss um sie zu überstehen. Wir leben auf einer Insel bzw. in einem Inselstaat. Da ist das Überleben auf dem Wasser natürlich die Hauptsache. So wusste ich wie wir handeln mussten um zu überleben. In der Notausrüstung waren nur einige Vitaminpillen und ein paar Energieriegel. Es waren aber auch Angelhaken und Schnüre dabei. Darauf setzte ich meine Hoffnung. Nun, was soll ich lange reden, wir haben es überlebt. Das Wesentliche dabei war, dass wir in einige Regenschauer gerieten. Da haben wir natürlich unser ganzes Boot volllaufen lassen, haben sogar mit den Sonnenschutzplanen nachgeholfen. Insofern haben wir hauptsächlich unser eigenes Badewasser gesoffen. Der Geschmack ist in einer solchen Situation nebensächlich, ich kann mich auch nicht mehr daran erinnern.

Nochmals, Dank an euch alle, auch von meinem Kumpel Ergis. Der ist noch nicht so ganz fit, aber das wird schon werden."

Bongo schaute zu Boden, es sah fast so aus als wenn er weinte. Auch die Besatzung schaute etwas betreten vor sich hin.

„Jetzt seid ihr jedenfalls in Sicherheit," sagte Fred schließlich.

„Mit Wasser und Proviant müssen wir uns etwas einschränken, aber wird schon gehen."

„Wohin fahrt ihr denn"? fragte Bongo.

„Könnt ihr uns in unserer Heimat abliefern?"

„Ja," antwortete Fred etwas gedehnt,

„das ist so eine Sache. Du musst wissen, wir sind aus einem Land geflohen in dem es einen Militärputsch

194

gab. Dieses Schiff war für uns die einzige Chance von dort weg zu kommen. Wir haben es uns praktisch ausgeliehen. Wir sind am ersten Tag nach unserer Abreise in einen heftigen Sturm geraten. Den haben wir mit knapper Not überstanden. Jeder wird vermuten, dass wir dabei abgesoffen sind. Gut so. Wir haben auch sämtlichen Funkverkehr eingestellt. Unser Ziel ist Singapur. Dort sind wir in Sicherheit. Wir können es uns daher nicht erlauben, uns durch Funksignale zu verraten oder einen Zwischenhafen anzulaufen. So leid es mir tut, ihr müsst bis Singapur bei uns an Bord bleiben. Und das wird mindestens noch zwei Wochen dauern."

Bongo nickte schweigend.

„Ich kann euch verstehen, dann muss es wohl so sein. Ich denke da natürlich auch an meine Familie, die wohl annimmt dass ich bin tot."

„Darüber haben wir gerade beraten," sagte Greg,

„über Funk ist nicht. Zu riskant. Wenn man uns anpeilt, unsere Kennung festgestellt, sind wir geliefert. Wir haben aber ein Satellitentelefon. Damit können wir eine kurze anonyme SMS senden. Wir haben aber keinerlei Telefonnummern. Ich denke da kannst du uns behilflich sein."

„Wenn's weiter nichts ist, da habe ich jede Menge im Kopf. Wie wäre es mit dem Tower des Flugplatzes in der Hauptstadt? Die können dann eine offizielle Meldung herausgeben. Und hoffentlich auch unsere Familien benachrichtigen," setzte er hinzu.

Matthias meldete sich zu Wort,

„Gut, das könnte klappen. Was schreiben wir?"
Man einigte sich auf folgenden Text:

Bongo Katmasti und Ergis Bartamani wurden als Schiff-
brüchige von uns an Bord genommen -stop- sie sind wohl-
auf -stop- wir werden sie baldmöglichst an Land bringen-
stop.

Matthias notierte sich die Telefonnummer die Bongo
ihm gab und verzog sich das Steuerhaus. Als er nach
geraumer Zeit zurückkam und sich wieder in die
Runde setzte sagte er nur:
„Alles klar, die Message ist weg."

In den nächsten Tagen ging alles wieder seinen
geregelten gewohnten Gang. Die beiden neuen
Männer waren wieder fit, hatten sich problemlos ein-
gefügt, gingen mit auf Wache und verrichteten kleine-
re Reparaturen. Ergis erwies sich als ausgezeichneter
Fischer. So das Fisch häufig auf dem Speiseplan stand.
So häufig das Greg einmal sagte:
„Wenn ich wieder an Land bin werde ich jahrelang
kein Fisch essen."
„Ich glaube eher, du willst den Fisch ziemlich schnell
vermissen. Kannst gar nicht mehr ohne ihn leben,"
sagte seine Freundin Joan und schob sich ein weiteres
Stück der gebratenen Goldmakrele in den Mund.
Mittlerweile hatten sie sich ihrem Ziel so weit
genähert, dass sie beschlossen Gregs Freunden in
Singapur zu berichten, dass sie in den nächsten Tagen

ankommen würden. Sie baten auch darum die Hafen-
behörden zu informieren und auch die Botschaft ihrer
schiffbrüchige Gäste, sowie für einen Liegeplatz zu
sorgen.

Als Fred eines früheren Morgens ins Steuerhaus kam
zeigte Matthias nach vorne. Fred drehte sich um und
schaute ebenfalls nach vorne, wollte nicht glauben was
er sah, langte zum Fernglas und strahlte dann über das
ganze Gesicht.

„Wir haben es geschafft Kumpel, wir haben es tatsächlich geschafft. Die Skyline von Singapur, whow.

Wie war das noch mit den Flaschen in der Bilge? Ich
denke die Zeit ist gekommen und wir haben es uns
alle redlich verdient."

Er schaut auf die Karte, maß die Entfernung bis zum
Hafen sagt dann:

„Wir werden dort so gegen Mitternacht ankommen.
Das ist eine dumme Zeit. Deshalb würde ich vorschlagen wir nehmen bis auf die Fock alle Segel unter
und dümpeln hier noch eine Nacht vor uns hin. Dann
können wir auch in Muße und mit Genuss den
Champagner austrinken. Vielleicht kann sogar die
Küche aus unseren restlichen Vorräten noch mal was
zaubern."

Auch alle übrigen waren einverstanden. So wurde es
eine richtige Party, die erste nach der Flucht. Irgendwann stand Nick auf, ging ins Steuerhaus und kam
mit der MP in der Hand zurück. Mit den Worten:

„Die brauchen wir nun wohl nicht mehr, schmiss er sie

über Bord." Alle klatschten Beifall

„Später stand Fred mit Matthias vorne im Bug, schaute auf den fernen Lichterschein und sagte:
„Unsere Crew wird nun demnächst auseinandergehen. Schade eigentlich, hat doch alles ganz gut gepasst. Greg und seine Freundin werden zur Familie in Singapur gehen und einen neuen Job suchen. Nick wird sicher umgehend mit seiner Freundin ins Flugzeug steigen und in die Heimat nach England fliegen. Die beiden Neuen werden zu Hause schon sehnsüchtig erwartet. Bleiben noch wir beide und unsere Freundinnen. Was habt ihr für Pläne?"
„Eigentlich noch keine. Nicol dachte daran mal wieder nach Hause zu fliegen. Aber das sind ja noch keine Zukunftspläne."
„Weißt du Matthias, ich habe mich an die Mathilda Bolt mittlerweile so gewöhnt, hab die alte Dame richtig ins Herz geschlossen. Sie jetzt einfach irgendwo abstellen, mit ungewisser Zukunft für sie? Der Gedanke gefällt mir nicht. Um sie wieder richtig flott zu machen muss man noch eine Menge Arbeit reinstecken. Man muss sie modernisieren, vernünftige Kabinen einbauen, die Sicherheitseinrichtungen erneuern, vermutlich braucht sie auch eine neue, zumindest runderneuerte Maschine. Kostet alles viel Zeit und Geld. Wir wollten gemeinsam in der Fremde ein Ressort aufbauen. Ich denke wir waren auch schon ganz erfolgreich damit."
Er drehte sich um und schaute Matthias ins Gesicht:

„Was hältst du davon wenn die Mathilda Bolt unser neues Ressort wird? Wir haben einen Mietvertrag, einen gültigen, sogar einen unbefristeten, vielleicht brauchen wir noch das ein oder andere Patent und dann, dann kann es losgehen mit unseren Charter-fahrten."

Er hielt Matthias die Hand hin:

„Bist du dabei Kumpel? Dann schlag ein."

Matthias überlegt nicht lange und ergriff die Hand, nein nicht nur, zum ersten Mal seit sie sich kannten umarmte er sein Freund.

Sie standen noch sehr lange dort, blickten auf die fernen Lichter und dachten an die neue Zeit die jetzt begann.

3. Das Geschenk

Zwei Tage vor der großen Feier rief Joshi mich an:
„Hast du im Augenblick etwas Zeit? Ich muss dir nämlich was Wichtiges erzählen. Eigentlich ist es Geheimsache, aber ich bin der Meinung, ich müsste dich als einen guten Freund vorab informieren, damit dich auf der Bühne nicht der Schlag trifft."
„Ok", antwortete ich.
„Wo wollen wir uns treffen"?
„Ich komme zu dir, wollte deinen Luxusladen sowieso gerne mal sehen. Dann bis gleich."

Ich traf ihn eine halbe Stunde später in der Eingangshalle.
„Nicht schlecht der Schuppen, von außen habe ich ihn schon bewundert, aber hier drinnen war ich noch nie. Passt auch nicht zu meinem Gehaltslevel."
Ich führt ihn etwas herum, zeigte ihm auch die anderen Räume. Schließlich landeten wir in der Bar.
„Möchtest du hier etwas trinken oder setzen wir uns auf meine Terrasse. Da sind wir ungestört. Die Getränke können wir gleich hier bestellen, der Boy bringt sie uns dann aufs Zimmer."

So machten wir es. Wir entschieden uns für Bier und als wir uns auf meiner Terrasse eingerichtet hatten kamen auch gleich die Getränke. Ich sagte dem Boy er könnte in einer halben Stunde das Gleiche noch einmal bringen.

„Was hast du mir denn so Wichtiges zu sagen, dass du dich auf den Weg zu mir gemacht hast?"

„Ja," begann er nach einem ersten langen Zug, „das was ich dir jetzt erzähle ist eigentlich geheim. Da es bei der großen Feier eine Überraschung sein soll darf es natürlich vorher nicht bekannt sein. Klar? Sonst wäre es ja logischer Weise keine mehr. Insofern sei bitte während der Feier überrascht. Sonst blamiere ich mich.

Zur Feier wird auch der Premierminister erscheinen. Er wird die Flüchtlinge von Sokutra Island begrüßen und natürlich viel Blabla reden. Danach wird er dich auf die Bühne bitten. Dort musst du dir natürlich viel Lobhudelei anhören, wie es so ist. Egal, der Staat wird dir dann zum Dank für die geretteten Leute ein Grundstück schenken. In bester Lage, kannst du von hier aus vermutlich sogar sehen und natürlich mit Meerblick."

„Das ist toll", warf ich ein.

„Aber was fange ich mit einem Grundstück hier an. Wenn ich dann irgendwann mal wieder komme habe ich ein Touristenvisum für 30 Tage. Dann kann ich natürlich auf meinem eigenen Grundstück zelten, ist ja auch ganz nett. Aber das ist doch vermutlich nicht der Sinn der Sache."

„Das haben sich die Verantwortlichen natürlich auch gesagt. Und deshalb wird er dir noch einen Reisepass überreichen. Einen Reisepass dieses Landes, mit deinem Namen darin."

„Das heißt", sagte ich.

„Ja, das heißt, dass man dir die Staatsbürgerschaft dieses Landes verleiht. Dann kannst du kommen und bleiben wann du willst und so lange wie du willst. "

Der Boy brachte Nachschub.

„Das ist aber noch nicht alles. Man wird dich beim Bau eines Hauses nach Kräften unterstützen. Wird sich auch um die Finanzierung kümmern. Und das heißt wiederum, du wirst einen langfristigen Kredit mit einem minimalen Zins bekommen. Damit du diesen letztlich auch bedienen kannst und natürlich auch zum Wohle des Landes, geben sie dir den Job eines Botschafters für besondere Aufgaben. Du sollst also weltweit PR für ihr Land machen. Ich denke über das Angebot kann man nicht meckern."

Pause, das Bier wurde schon wieder weniger.

„Dann wird Joshua und seine Frau auf die Bühne kommen.

Dass er seine Frau dazu bittet ist schon ungewöhnlich. Frauen haben eigentlich im Hintergrund zu bleiben. Joshua wird dir anbieten sich um den Hausbau zu kümmern. Soweit so gut."

Er machte eine lange Pause schaut aus dem Fenster.

„Doch nun kommt′s. Joshua und seine Frau möchten dir aus Dankbarkeit für ihre Lebensrettung etwas schenken. Und nach Vorstellung dieses Landes muss es etwas sein, das von Herzen kommt, etwas was man selbst sehr gerne hat. Und deshalb, nun halte dich fest, wird er dir seine Tochter Jola schenken."

Er schaute mich an und wartete auf meine Reaktion. Ich verschluckte mich fast.

„Das meint er doch wohl nicht ernst," brach es aus mir heraus.

„Auch wenn es sehr lieb gemeint ist, er kann seine Tochter nicht verschenken. So was ist schon rein rechtlich nicht möglich."

„Hab ich auch gedacht," sagte Joshi.

„Klingt wirklich unmöglich. Daraufhin habe ich mich mal schlau gemacht. Hab einen Freund, der am hiesigen Gericht arbeitet, befragt und der hat in alten Archiven nach gegraben, da er es selbst nicht beantworten konnte."

„Und das Ergebnis?"

Joshi macht eine lange Kunstpause und sah mich dabei an:

„Er kann. Er kann tatsächlich. In früheren Zeiten hatte der Clanchief, oder eben der Häuptling, das Recht alle Leute die auf der Insel lebten, zu verkaufen oder eben auch zu verschenken. Davon wurde früher auch reichlich Gebrauch gemacht. Nach schlechten Ernten zum Beispiel war man froh einige Esser weniger zu haben. Wenn es dafür dann noch Geld gab, um so besser. Während der Kolonialzeiten, hier wechselten die Besatzer ja sehr schnell und häufig, wurde dieses Recht so weit beschnitten, das der Clanchief nur noch über die Leute verfügen durfte die zu seinem Stamm gehörten. Dieses Recht gilt bis heute. Es wurde nie aufgehoben. Soweit wir feststellen konnten hat wohl keiner davon je Gebrauch gemacht. Aber das Recht gilt."

„Andere Länder andere Sitten", sagte ich etwas verlegen,

„aber die Verschenkte kann sich doch sicherlich weigern."

„Ja, kann sie. Wird sie aber nicht. Denn dann würde sie sich den Anordnungen oder zumindest den Wünschen ihres Vaters widersetzen. Und das ist hier absolut unmöglich. Dann bliebe ihr nur die Möglichkeit diese Insel und dieses Land zu verlassen."

„Was soll die Arme mit einem so alten Knacker wie mir denn anfangen? Wie alt ist sie überhaupt?"

„Ich denke so um die Einundzwanzig. Dir ist doch sicherlich auch schon mal aufgefallen, dass man in diesem Land älteren Leute mit viel mehr Respekt und Ehrfurcht begegnet als du es gewohnt bist. Das sind nach hiesiger Meinung eben Leute, die schon viel erlebt haben und ihre Erlebnisse und Erkenntnisse an jüngere weitergeben können. So denkt man und danach lebt man. In den Ländern aus denen wir kommen, Europa, Amerika, Australien, Japan eingeschlossen, werden ältere Leute häufig als lästiges Übel angesehen. Ich kenne das von meinem Land ja auch. Hier ist es aber nicht so. Außerdem bist du jetzt ja der Held der Nation. Jede Frau hier würde sich glücklich schätzen wenn du dich ihr zuwenden würdest. Keine, wirklich keine würde ablehnen Und

Jola denkt genauso."

Pause.

Ich griff zum Telefon und ordnete neue Drinks, die brauchte ich jetzt.

„Wie ich dieses Land bisher kenne habe ich keine Chance das Angebot abzulehnen, denn dann wäre Joshua tödlich beleidigt", sagte ich.

„Ja, wäre er und Jola auch." fügte Joshi hinzu.

„Wenn du das wirklich nicht willst, bleibt dir nur die Möglichkeit bei Nacht und Nebel, das heißt spätestens morgen Abend, dieses Land zu verlassen. Ausreiseverbot hin und her. Möglichkeiten gibt's da immer."

Der Boy kam mit dem Bier und wir tranken.

„Du kennst Jola oder?" fragte Joshi und setzte sein Glas ab.

„Ich habe sie ein paar Mal gesehen, eine Traumfrau."

„Also, was willst du denn? Du bist Single, bekommst ein Traumgrundstück, darauf ein Traumhaus, eine Traumfrau, einen Traumjob und dann noch einen gültigen Reisepass. Ist doch alles bestens. Mehr kann man wirklich nicht verlangen. Gratulation."

Und nach einer ganzen Weile in der ich ernsthaft nachdachte, obwohl ich mich im Grunde schon entschieden hatte, sagte er,

„wenn du dir eine Frau von hier ins Haus holt musst du ein paar Dinge wissen und respektieren. Ich weiß wovon ich rede denn ich habe selbst eine Eingeborene geheiratet. Es war wirklich eine Liebesheirat. Wir hatten mit großen Schwierigkeiten zu kämpfen, da eine Liebesheirat hier immer noch etwas Ungewöhnliches ist. Und ich liebe sie immer noch. Normalerweise wird so etwas hier nach wirtschaftlichen und politischen Gesichtspunkten arrangiert. Die Frauen sind aber etwas anders gepolt als wir es gewohnt sind. Nur als Beispiel, so etwa alle fünf bis sechs Wochen werden sie zickig, nörgelig, kurz unausstehlich. Dann ist es mal wieder soweit. Dann leg ich sie übers Knie und versohl ihr den Hintern. Und das nicht zu knapp. Eine schlanke Bambusrute ist dafür bestens geeignet. Innerhalb einer Stunde habe ich wieder die liebenswerteste Frau, so wie ich sie kennengelernt habe. Das mag dir verrückt erscheinen, ist hier aber so. Der Mann ist der Boss und von Zeit zu Zeit muss er es beweisen. Ich weiß, dass die Frauen untereinander sich darüber sogar unterhalten und damit prahlen wie ihr Mann sie behandelt. Fiel mir anfangs auch schwer, aber wenn man ihr lebt, muss man sich anpassen."

„Was mache ich denn mit ihr, beziehungsweise sie bei mir?"

„Nun ja, alles was man so im Haushalt macht, Putzen, Kochen, die Wäsche waschen, Einkaufen, dich auf Partys begleiten."

„Kann ich sie denn auch oder darf ich sie....?"

Joshi lachte, schlug sich auf die Knie, konnte sich gar nicht wieder einklinken,

„natürlich kannst du sie vögeln, das wird sogar von dir erwartet. Sonst wird sie ihren Freundinnen erzählen das du sie verschmähst und dann hast du ein Problem. Außerdem, die Damen haben reichlich Feuer, sie wird dich fordern. Stell dich darauf ein. Vermutlich wirst du dich in Kürze zehn Jahre jünger fühlen. Mir ist es ähnlich ergangen."

Er stand auf um zu gehen.

„Also bis Sonntag dann zu der großen Feier. Ich freue mich schon auf dein Gesicht. Lass nur, ich finde den Weg raus schon alleine."

In der Tür drehte er sich noch einmal um:

„Übrigens, wie ich gehört habe, soll ein TV Team aus Deutschland hier sein. Die werden dir sicherlich ziemlich schnell auflauern."

„Danke mein Freund," rief ich ihm nach bevor die Tür ins Schloss fiel.

Ich saß noch sehr lange auf meiner Terrasse, versuchte zu ergründen, wie sich mein Leben jetzt ändern würde. Dass das der Fall sein würde war mir klar.

Als ich später in die Halle kam blickte der Mann an der Rezeption kurz zu mir rüber und dann winkte er einigen Leuten zu, die mit einer Menge technischer Geräte in der Ecke hockten. Eine junge Frau kam auf mich zu und stellte sich als Journalistin vor, die für einen deutschen Sender arbeitete und mit einem TV Team aus Singapur angereist war um mich zu interviewen. Meine Erlebnisse waren also auch schon bis dahin gelangt. Ich folgte ihr zu den drei Männern, die mit Kameras und Recordern hantierten.

„Wir hätten natürlich gerne aus erster Hand erfahren wie es war auf dem Vulkan und später in dem beschädigten Flugzeug," sagte sie zu mir und ergänzte:

„Natürlich gerne auch mit aufregenden Insiderinformationen, die noch nicht publiziert sind. Das ist unser Job."

„Ok," sagte ich,

„können wir machen aber vorher würde ich das Ganze doch lieber einmal mit euch durchsprechen und ich möchte auch danach die Aufzeichnung sehen und ein Vetorecht haben. Akzeptiert?"

„Gut, zwar unüblich aber ich bin einverstanden."

Wir besprachen die Details. Ich erfuhr was man wissen wollte, was interessant war. Ich überlegte dabei was ich dem Team an Dingen sagen konnte die noch keiner wusste und deren Verbreitung für mich unkritisch war. Ich hatte Verständnis für sie, sie mussten ihren Job machen und eine gute Story nach Hause bringt. So erwähnte ich dann während des Fernsehinterviews, dass ich das Maisfeld angesteckt hatte um Hilfe herbei zu rufen und es nicht durch eine Lavabombe in Brand geraten war. Das Vulkanexperiment der jungen Leute behielt ich für mich. Ich erzählte allerdings das Joshua auf dem Kraterrand gefühlt hatte, dass es gleich zu einer größeren Eruption kommen würde. Warum und wieso wusste er selbst nicht. Seine und meine schnelle Flucht hätten uns letztlich das Leben gerettet. Ich riet davon ab ihn im Krankenhaus zu besuchen. Einmal würden sie dort keine Neuigkeiten erfahren und zum Anderen würde es als sehr unschicklich empfunden. Auf Nachfrage bestätigte ich noch, dass die beiden Flughafenmitarbeiter, die mit dem Rettungsfloß die Insel verlassen hatten, immer noch vermisst würden. Nachdem ich mir die Aufzeichnung angeschaut und abgenickt hatte sagte ich zu der Journalistin:

„In zwei Tagen ist hier ein großes Fest bei dem vor allem die umgesiedelten Bewohner der Insel begrüßt werden sollen. Er wird für Sie sicher auch die eine oder andere interessante Szene dabei sein. Folklore und so natürlich auch. Aber bleiben Sie bis zum Schluss, einmal wird dort etwas passieren was Sie sicherlich für unmöglich halten würden in der heutigen Zeit, zum Anderen werde ich eine interessante Nachricht verlesen. Nur ein Tipp von mir."

Die Journalistin wollten Näheres wissen, aber ich winkte ab.

„Wir sehen uns übermorgen."

„Moment, Moment," sagte sie,

„wir haben für morgen ein Flugzeug gechartert um uns auf Sokutra Island einen Überblick zu verschaffen. Wenn Sie Zeit und Lust haben würden wir uns freuen wenn Sie uns begleiten. Sie kennen sich ja dort aus, beziehungsweise würden vielleicht auch gerne selbst wissen wie es jetzt dort aussieht. Wie wir gehört haben ist der Vulkan wohl wieder zur Ruhe gekommen. Wie wär's? Wir starten so gegen zehn"

„Interessiert schon aber ich habe bis zur Feier noch so einiges zu erledigen. Ich denke darüber nach. Sie wohnen doch auch im Ressort. Dann gebe ich dort nachher Bescheid."

Natürlich interessiert es mich, die Insel nach der Naturkatastrophe wieder zu überfliegen und zu sehen, was der Vulkan angerichtet hatte. An der Rezeption ließ ich dem TV Team deshalb ausrichten, dass ich morgen gerne mitkommen würde.

Es war doch eine gewisse Spannung in mir als wir uns am nächsten Morgen der Insel näherten. Schon von Weitem war zu sehen dass es keine Eruptionen mehr gab. Beim Näherkommen sahen wir, dass der ganze Teil der Insel auf den wir zu flogen nur eine einheitlich grau-braun-schwarze Farbe zeigte. Von dem ehemals grünen Dschungel war nichts mehr zu sehen. Das Dorf war kaum zu erkennen, die Dächer schienen durch den Ascheregen überwiegend eingestürzt. Auch die Bäume waren nur als kahle Strünke zu erkennen. Am Flugplatz stand noch der Tower. Er ragte aus der schwarzen Lavafläche heraus, da er auf einem Hügel stand. Von der Landebahn war nur noch ein spärlicher Rest zu erkennen. Bei einem Rundflug um die Insel sahen wir, dass auf der Südseite die Landschaft weitgehend noch intakt zu sein schien. Es gab jedenfalls grüne Wälder. Durch den vorherrschenden Wind war die Asche wohl überwiegend auf dem nördlichen Teil der Insel niedergegangen. Die Katastrophe hatte den südlichen Teil verschont. Die 3-Minuten Eruptionen, die seit Jahrhunderten stattfanden, konnten wir nicht beobachten. Allerdings war auf dem Grund des Kraters zu sehen, dass sich ein neuer Lavasee gebildet hatte. Es würde wohl eine ganze Weile dauern, bis man an eine erneute Besiedelung denken könnte, war mein Gedanke auf dem Rückflug.

Für die Feier hatte man im Sportstadion eine Bühne

aufgebaut. Beim offiziellen Teil sollte eine einheimische Kapelle traditionelle Musik spielen, danach beim fröhlichen Teil dann eine Popband aus Australien.

„Was muss ich denn heute Abend anziehen?" fragte ich Joshi am Morgen,

„mein Repertoire ist da sehr beschränkt."

„Wenn du Eindruck schinden willst als zukünftiger Bürger dieses Landes, dann kleide dich wie die Eingeborenen vor etlichen Jahren, oder wie auf den entfernten Inseln noch heute," sagte er.

„Und was trugen die?" meine Frage.

„Nichts, die Männer immerhin einen Penisköcher. Nun, wie wär's? Bist du mutig genug?"

„Also ich will lieber nicht gleich übertreiben."

„Gut, finde ich auch. Ich kann dir da eine Adresse nennen. Die Dame wird dich gut beraten. Da gehe ich auch immer hin. Vermutlich wird sie dir zu einen weißen Hose und einem bunten Hemd raten. Aber die macht das schon richtig, erzähle ihr nur wo du hingehst und wer sonst noch kommt."

Der Abend rückte näher. Ein Wagen der Regierung holte mich ab. Meine Modeberatung war sehr nett gewesen. Am Eingang zum Stadion traf ich den Innenminister.

„Aufgeregt?" fragte der.

„Der Premierminister will Sie nachher noch interviewen."

„Nun ja, etwas schon, so etwas passiert mir schließlich nicht alle Tage."

212

„Ich habe hier eine Nachricht vom Flugplatz erhalten, wollte ich Ihnen nicht vorenthalten."

Er gab mir einen Zettel und ich konnte die Nachricht lesen auf die ich schon lange gewartet hatte.

„Darf ich sie nachher verlesen?" fragte ich den Minister.

„Ein paar Worte werden sicher vom mir erwartet und ich weiß bisher noch nicht, was ich sagen soll. Bin schließlich kein Politiker."

„Sie dürfen, deshalb habe ich sie Ihnen auch gegeben. Bisher kennt sie nur der Tower des Flugplatzes und ich. Wird Begeisterung auslösen. Allerdings warten Sie bitte bis zum Schluss, denn wir wollen doch unserem verehrten Ministerpräsidenten nicht die Show verderben."

„Sie können sich auf mich verlassen."

„Eines noch, wird Sie auch interessieren und beruhigen, dem verletzten Piloten geht es gut. Er wird in der nächsten Woche wieder zum Dienst antreten,"

Ich hielt mich im Hintergrund als die Karawane des Ministerpräsidenten vorfuhr. Viele Hände musste er schütteln während er die Treppe zur Bühne hinaufstieg. Augenblicklich kehrte Ruhe ein als er im Scheinwerferlicht stand, flankiert vom Innenminister und dem Tourismusminister. Nun, seine Rede war das Übliche, viele lobende Worte über den reibungslosen Ablauf der Evakuierung und noch mehr Versprechungen darüber, wie man den Flüchtlingen helfen würde um hier Fuß zu fassen. Und natürlich wollte man die ganze Insel möglichst schnell wieder neu aufbauen. Ich habe die ganze Zeit auf das Wort unbürokratisch gewartet, dass in Deutschland auf keinen Fall fehlen dürfte in einer solchen Situation. Es kam aber nicht. Auf jeden Fall lauschte man seinen Worten andächtig, wohl in der Hoffnung, dass die Versprechungen wahr werden würden. Und dann:

„Wie wir alle wissen hat ein Gast unseres Landes beim Ausbruch des Mount Takato Außerordentliches geleistet. Ohne sein tatkräftiges Eingreifen hätte der schwer verletzte Häuptling Joshua nicht überlebt und ein durch Lavabomben beschädigtes Flugzeug wäre mit neun Personen an Bord ins Meer gestürzt. Das ganze Land ist ihm zu Dank verpflichtet. Ich bitte Mister Carsten auf die Bühne."

Da half kein Zaudern. Die Leute in meiner Nachbarschaft sahen mich nicht nur an, nein sie schoben mich auch an.

„Mister Carsten, wir alle danken Ihnen für Ihr mutiges Eingreifen. Die ganze Nation hat die Nachricht von der Landung des beschädigten Flugzeuges begierig aufgesogen. Natürlich sind wir auch begierig zu hören, wie sie so schnell und rationell handeln konnten. So etwas passiert einem schließlich nicht jeden Tag. Bei Häuptling Joshuas Unfall kam Ihnen glücklicherweise zur Hilfe, dass das Maisfeld in Brand geraten war. Das alarmierte das Dorf, nicht wahr?"

„Ja," sagte ich,

„dadurch wurde das Dorf schon alarmiert, allerdings

214

stimmen die Meldungen nicht ganz. Das Maisfeld ist nicht durch den Vulkan in Brand geraten. Ich habe es angezündet um Hilfe herbei zu rufen. Es war die einzige Möglichkeit, denn das Mobile hatte keinen Empfang und zum Dorf tragen konnte ich Joshua nicht. Es war mir bewusst, dass ich damit die Ernte vernichte aber es schien mir kein zu hoher Preis zu sein, für das Leben von Häuptling Joshua."

„Das haben Sie gut erkannt. Nun hat sich das Problem ja von selbst gelöst. Die Ernte ist jetzt ohnehin verloren. Gleichwohl wäre ein solcher Schaden bezahlbar gewesen im Gegensatz zu dem Leben eines Menschen. Und wie war es als die Bombe in das Flugzeug krachte und der Pilot verletzt zusammen sackte? Was denkt man in einem solchen Moment?"

„Zum Denken hat man dann nicht sehr viel Zeit. Man reagiert einfach. Ich bin ja früher selbst kleine Maschinen geflogen, daher war es mehr eine automatische Reaktion hoch zu ziehen als das Flugzeug die Nase nach unten nahm. So etwas vergisst man nicht so schnell. Nun war diese Maschine natürlich ein etwas anderes Kaliber als meine kleine Einmot. Aber ich hatte ja tatkräftige Unterstützung durch die Einweisungen von George aus dem Tower und auch von unserem Piloten. Er war zwar verletzt aber bei vollem Bewusstsein, konnte mir auch Ratschläge geben. Es klingt vielleicht etwas überheblich, aber zeitweilig fand ich ich es richtig gut eine solche Maschine zu fliegen, wenn auch sehr schnell wieder der Gedanke kam, dass das größte Problem, die Landung, mir noch bevor stand. Aber es ist ja alles gut gegangen. Ich fühle mich auch keineswegs als Held wie vielfach gesagt wird. Ich habe nur getan was nötig war und was in meiner Macht stand. Mehr nicht."

„Es ehrt Sie bescheiden zu sein," sagte der Ministerpräsident.

„Leute wie Sie sind uns in unserem Lande jederzeit herzlich willkommen. Deshalb habe ich und mein Kabinett auf Vorschlag des Innenministers beschlossen Ihnen für Ihre Verdienste ein Grundstück hier in der Stadt zu schenken. Beim Bau eines Hauses werden wir Ihnen außerdem behilflich sein. Damit sie aber auch jederzeit, so oft sie wollen, dieses Grundstück nutzen können,"

er wand sich dem Innenminister zu und dieser drückte ihm etwas in die Hand.

„deshalb verleihen wir Ihnen für Ihre Verdienste die Staatsbürgerschaft unseres Landes. Hier ist ihr neuer Reisepass."

Damit überreichte er mir diesen. Und zum Publikum gewandt:

„Bitte begrüßen Sie unseren neuen Bürger."

Der Applaus war laut und anhaltend.

„Sie haben das Wort,"

sagte der Ministerpräsident und machte eine weit ausholende Handbewegung in Richtung Publikum. Da stand ich nun alleine und es war Mux-Mäuschen stillt. Nun denn:

„Ich bin hierher gekommen um einen interessanten Urlaub zu verleben, ein neues Land kennen zu lernen

216

und Bekanntschaft mit neuen Leuten zu machen. Dass es allerdings so aufregend werden würde, konnte ich nicht vorhersehen. Es ist letztlich alles gut aus gegangen, aber noch einmal brauche ich diese Erlebnisse jedoch nicht. Das was ich von diesem Land bisher gesehen habe begeistert mich und ich bin mir sicher, dass ich mich hier zukünftig sehr häufig aufhalten werde. Es ehrt mich und freut mich, dass ich nun auch Bürger eures Landes bin. Ich werde mich bemühen dieser Ehre gerecht zu werden."

Plötzlich standen Joshua und Loana neben mir.
„Mein Freund," begann er, und legte mir die Hand auf die Schulter,
„wie ich schon gesagt habe, sind meine Frau Loana und ich Dir zu ewigem Dank verpflichtet. Ich möchte es aber in der Öffentlichkeit noch einmal wiederholen."
Damit umarmte er mich und Loana tat das Gleich.
„Es ist in unserem Land so üblich, dass man guten Freunden für besondere Leistungen etwas schenkt. Es muss etwas sein, das man selbst sehr gerne hat. Wir haben lange überlegt und sind zu dem Schluss gekommen, das Einzige was dem gerecht wird ist unsere Tochter Jola."
Er winkte mit der Hand und Jola trat auf die Bühne. Sie sah umwerfend aus. Sie trug ein langes weißes Kleid und auf dem Kopf einen Blütenkranz aus weißen Frangipani Blüten. Langsam kann sie näher. Joshua fasste sie an der Hand, zog sie heran und dann zu

mir.

„Wir schenken dir hiermit unsere Tochter Jola und hoffen dass Du sie gut behandelst. Sie wird dir immer gehorchen," sagte er mit etwas zitternder Stimme.

Ich nahm sie in die Arme und hauchte ihr einen Kuss auf die Wange. Das Publikum schrie vor Begeisterung und rief, da es wohl zu viel ausländische Fernsehfilme gesehen hatte:

„Kiss kiss, kiss kiss, kiss kiss."

Und so tat ich etwas was in diesem Land eigentlich absolut unüblich ist, ich küsste sie auf den Mund. Die Begeisterungsstürme wurden dadurch nicht unbedingt leiser.

Ich befreite meine Hand aus Jolas, denn die hatte sie fest gepackt, erhob beide Hände und bat um Ruhe, die auch augenblicklich eintrat. Dann sagte ich:

„Dieses war und ist eine ganz fantastische Feier an der wir alle viel Vergnügen haben. Allerdings sind auch ein paar Leute unter uns, denen nicht zum Feiern zumute ist. Ich denke da an die Familien von Bongo und Ergis."

Dann machte ich eine Pause, griff in meine Tasche, zog den Zettel heraus und entfaltete ihn umständlich.

„Ich habe hier eine offizielle Nachricht, die ich euch jetzt vorlesen möchte."

Hier machte ich noch mal eine Kunstpause und blickte in die Runde. Spannung musste sein. Es war totenstill.

„Die Nachricht lautet:

Bongo Katmasti und Ergis Bartamani wurden als Schiff-
brüchige von uns an Bord genommen -stop- sie sind wohl-
auf -stop- wir werden sie baldmöglichst an Land bringen -
stop."

Der letzte Teil ging in dem lautstarken allgemeinen Jubel unter. Einige Leute, kamen auf die Bühne gestürzt
und wollten sich bei mir bedanken. Ich kannte sie
nicht, vermute aber, dass es Verwandte waren. Auf
Dankbarkeit war ich nicht vorbereitet, hatte eher ein
schlechtes Gewissen. Es war schließlich meine Idee
gewesen sie auf das Rettungsfloß zu schicken. Aber
nun spielte das alles keine Rolle mehr. Die beiden waren nun in Sicherheit. Die Bühne verwandelte sich in
einen wahren Hexenkessel. Ich konnte mich nur mit
Mühe in Sicherheit bringen. Das TV Team bangte um
seine Kameras. Aber ich denke, ihre Story haben sie
heute bekommen.
Dann spielte die australische Band moderne Popsongs
und es wurde eine durch und durch fröhliche Party, allerdings in einer Lautstärke, die mich flüchten ließ.

Später stieß ich in dem ganzen Gewühl auf Joshua.
„Wo ist Jola", fragte ich ihn.
„Die war müde und ist schon heimgefahren", war sei-
ne Antwort.
„Wenn du auch weg willst besorge ich dir einen
Wagen".
Ich nickte. Wir gingen zusammen hinter die Bühne.

Dort zeigte er auf eine Limousine.

„Die wird dich ins Ressort bringen".

Dann umarmte er mich lange, fest und stumm. Beim Weggehen drehte er sich noch einmal um und sagte, vermutlich weil ihm in dieser Situation wohl nichts Besseres einfiel.:

„Man sieht sich."

Der Portier in meinem Hotel machte seine Verbeugung wie immer und sagte:

„Guten Abend Sir."

Und öffnete mit einem Grinsen die Eingangstür. Ich fand das verwunderlich, erklärte es mir aber mit den Auswirkungen des großen Festes. Die waren vielleicht auch bis hierher gedrungen. Es wurde schließlich reichlich Cava getrunken. Der Mann an der Rezeption sagte auch:

„Guten Abend Sir", und grinste.

Ich schloss die Tür zu meiner Suite auf und ließ in der Tür gewohnheitsmäßig die Sandalen von den Füßen fallen. Als ich in das Zimmer trat, stand Jola in der Mitte des Raumes. Es war das erste Mal, dass wir uns alleine gegenüber standen. Sie trug noch den weißen Blütenkranz auf ihrem schwarzen Haar und sonst....?
Nichts.

Kay Clasen
Khway si Dam
Der schwarze Buffalo
Eine Geschichte aus Thailand

Taschenbuch 160 Seiten, 6,99 €

ISBN 9783744893572

Kay Clasen
Altlasten
Eine mysteriöse Geschichte von der Baustelle

Taschenbuch 240 Seiten, 8,99 €

ISBN 9783743116177